www.tredition.de

AF198094

P.M.J. Hinrichs

Das Antlitz des Schmetterlings

www.tredition.de

© 2018 P.M.J. Hinrichs

Verlag und Druck: tredition GmbH, Hamburg

ISBN
Paperback: 978-3-7469-9525-0
Hardcover: 978-3-7469-9526-7
e-Book: 978-3-7469-9527-4

Lass die Worte meine Begleiter sein und lass die Buchstaben mit mir einen Fox Trott tanzen, bis die Sätze vor mir stehen wie eine Reihe kampfgefeiter Soldaten und dann lass uns Geschichten schreiben.

„Lass mal werden, wer wir sein wollen."

Julia Engelmann

Für uns.

Flaschenpost, 30.09.2017, Elbstrand

Ich fühle mich wie ein kleines Papierschiffchen auf azurblauer See.

Und ich habe Angst, dass das, was man das Leben nennt, mich einfach verschluckt. Dass das Schiffchen aus Zeitungspapier sich mit dem Wasser vermengt und in der Tiefe versinkt, wo es sich langsam auflöst. Ich habe Angst, dass ich keine Insel finde, dass ich mich verliere im unendlichen Blau. Und ich weiß, dass Angst ein schlechter Berater ist, aber mal leiser, mal lauter bleibt sie ein ständiger Begleiter. Jetzt bin ich mitten auf dem Meer der unendlichen Wellen, des wechselnden Azurblau.

Als ich anfing davonzutreiben, stand vielleicht ein kleines Mädchen am Strand. Mit roten Wangen und wilden, blauen Augen, die Füße vergraben im kühlen Sand, und schaute dem Schiffchen hinterher. Vielleicht denkt es sich: Das ist Freiheit. Was gäbe ich darum, eines Tages so frei zu sein. Denn vom Strand aus betrachtet sieht das Meer nach unendlicher Freiheit aus. Und mitten auf dem Meer ist es dann doch Verzweiflung, weil es kein Ende und keinen Anfang gibt.

Vielleicht deshalb ist das Leben endlich, weil Unendlichkeit verloren macht.

Ich sah sie das erste Mal vor der *Eisbande* in der Sternschanze. Sie musste mir einfach auffallen in ihren bunten, vielleicht für manche unter uns unpassend erscheinenden Klamotten.

Mit ausgestreckten Beinen saß sie auf der Holzplanke, deren Sinn ich noch nie verstanden hatte, die aber seit jeher als kurzer, da nicht allzu gemütlicher, Sitzplatz gebraucht wurde. Ich amüsierte mich, denn sie hatte die Augen geschlossen, als sie sich mit ihrer spitzen Zunge um die Lippen fuhr und dann die Kugel Eis zum Mund führte. Vanille? Auf jeden Fall etwas zartes, samtig-sanftes in Cremeweiß. Zu dunkel für Zitrone, zu hell für Haselnuss. Sie sah aus, als ob es das erste Eis ihres Lebens wäre. Warum sonst hielt sie die Augen so lange geschlossen? Um alle Konzentration ihrem Geschmackssinn zu widmen?

Erfasst von plötzlicher Neugierde verlangsamte ich meine Schritte und vergaß, wie eilig ich es hatte und wie bald die S-Bahn abfuhr. Wie in Zeitlupe, so als ob die Uhr ihren Rhythmus kurz unterbricht, oder doch zumindest verlangsamt, um mir einen Moment zu schenken, nahm ich ihre Erscheinung in mir auf. Erdbeerblondes Haar, das sich um ihre Wangenknochen wandte, zurückgehalten von einer Spange oder einem Zopfband. Das konnte ich mir aus der Frontalperspektive nicht erschließen. Sommersprossen. Solche, die bleiben, egal welche Jahreszeit es ist. So stellte ich mir die hartnäckigen Pünktchen jedenfalls vor, denn sie passten zu ihr, als ob sie sonst nicht existieren könnte, als ob ihr Gesicht sonst nicht ihr gehörte. Dann die vollen, fast schon roten Lippen, die sich sinnlich begegneten, als sie das Eis mit ihnen umschloss. Um ihren Hals trug sie eine rote Schleife und ich muss sagen, dass diese Samtschleife mich irritierte. Sie warf die Frage in mir auf, ob sie sich wie ein menschliches Weihnachtspaket verpackt hatte, bereit verschenkt zu werden. Die Enden des Bandes verschwanden in ihrem Ausschnitt, seltsam schwer und steif. Ich wusste gar nicht, wohin ich zuerst schauen sollte, auf die kanariengelben Lackschuhe oder auf den kaminroten Pullover. Getrennt von einer weiten, dezent gemusterten Hose, die ich zuerst fast für einen Rock hielt, derart weit schlugen die Hosenbeine aus. Weich und weit der Stoff, frisch und beißend die Farben, die sie trug.

Sie sieht fast ein bisschen aus wie ich, dachte ich, wenn sie denn nicht so anders wäre. Aber die Statur und das Gesicht waren mir in etwa bekannt. Ich sah etwas Ähnliches, wenn ich mein Spiegelbild in einer Schaufensterscheibe erblickte.

So kam es, dass ich, obwohl ich es doch so eilig

hatte, an einem Samstagnachmittag mitten in der Schanze stehen blieb und mich entschloss, ein Eis zu essen.

„Welche Sorte soll es denn sein?", fragte mich der schwarzafrikanische Eisverkäufer hinter dem Tresen. Ich schaute ihn an, ratlos. „Mousse au Chocolat", sagte ich und kam mir bei dieser Einfallslosigkeit irgendwie rassistisch vor. Ich legte meine Münzen in seine Hand und er streckte mir die Waffel mit links entgegen. Als ich hinausging, saß sie immer noch dort, die Augen geschlossen. Ich fragte mich, wie lange ein Mensch die Augen geschlossen halten kann, ohne sie plötzlich aus purer Neugierde wieder aufzureißen, gespannt auf das, was das Auge zu erzählen verspricht.

Ich setzte mich mit einigen Zentimetern Abstand neben sie und sie musste es wohl gemerkt haben, denn sie stockte, nur für eine Sekunde, aber ich sah diese kurze Schwelle, die ihre Hand überwinden musste, bevor sie damit fortfuhr, ihr Eis zu essen. Es klimperte kurz, als ich meine Leinentasche auf den Boden stellte. Der herbe, süßliche Geschmack der Schokolade machte mir ein bisschen Mut.

„Hallo", sagte ich.

Und ich ärgerte mich ein bisschen darüber, wie hoch meine Stimme war. Sie wendete den Kopf in meine Richtung und nickte kurz. Ihre

Haltung versteifte sich ein wenig. Ich widmete mich, ein leichtes Unwohlsein im Bauch verspürend, dem Rand der Waffel.

„Mousse au Chocolat?", fragte sie plötzlich und ich erschrak mich fast, weil es mir so vorkam, als hätte sie stundenlang geschwiegen.

„Ja!", sagte ich.

Viel zu laut diesmal. Sie lächelte, sofern sich dieses leichte Anheben der Mundwinkel als ein Lächeln interpretieren ließ.

„Vanille?", fragte ich.

Sie nickte und hielt mir ihr Vanilleeis fast schon unter die Nase.

„Dann lass uns tauschen", sagte sie.

Und diesmal konnte es kein zufälliges Verziehen der Mundwinkel sein. Diesmal war ich mir sicher, dass sie lächelte.

Und so kam es, dass ich, 26 Jahre jung und vielleicht ein bisschen verzweifelt, an einem Samstagnachmittag in Hamburg um 16:02, einen Menschen fand, der die seltene Gabe besaß, mich zu faszinieren. In Form einer jungen Frau, die nicht merkte, wie bunt sie war, da ihre Augen verlernt hatten, ihr die Farben zu zeigen.

01.10.2017, Elbstrand, diesmal ohne Flaschenpost, 21 Uhr

Die Sterne sind kaum zu sehen, so sehr leuchtet der Hafen und Wolken aus Licht vernebeln den Blick in das Universum über unseren Köpfen. Es ist schon so kalt, dass es ohne eine dicke Jacke oder eine Decke kaum auszuhalten ist, wenn man im Sand sitzt und das Blut anfängt, zu stocken.
Wir sitzen am Strand und schauen auf das, was noch vom Elbwasser zu erkennen ist. Falsch, ich schaue. Sie lauscht. Wir treffen uns, lernen uns kennen. Wir nähern uns an.
Ich stoße versehentlich gegen meinen Beutel, als ich mein Bein drehe, weil mein Fuß anfängt, zu kribbeln und ein bisschen einschläft. Glas berührt Glas. Es scheppert.
„Ich frage mich, was du in deiner Tasche hast", sagt sie.
Ich schaue in ihr Gesicht, mache die Umrisse aus, beleuchtet von rot-gelben Hafenlichtern in dunkler Nacht.
„Ich frage mich, warum du deine Augen nie öffnest", erwidere ich.
Sie schweigt. Ein Dampfer schippert über die Elbe und kündigt mit lautem Ton seine Ankunft am Hamburger Frachthafen an. Nicht nur ein, sondern gleich zwei Mal. Laut und

durchdringend gibt er seine Ankunft zu verstehen.

Zuerst denke ich, sie wartet mit ihrer Antwort, bis sich die nächtliche Ruhe wieder auf unser kleines Lager am Elbstrand hinab senkt. Doch sie schweigt und im Schweigen liegt eine Botschaft. Ein klares Darauf-Bestehen, dass derjenige, der die erste Frage stellt, auch als Erstes das Vorrecht auf eine Antwort hat. Also beginne ich und sie erfährt mein erstes Geheimnis.

„Ich glaube, es ist jetzt ein dreiviertel Jahr her. Da bin ich an einem sonnigen Tag, noch recht früh am Morgen, an der Elbe entlang spaziert. Für Hamburger Verhältnisse war es ein strahlend schöner Tag, einer der letzten, bevor der Sommer dem Herbst seinen Platz überlässt. Da es noch so herrlich einsam war, genoss ich den Moment und kniete mich ans Wasser, wo ich dem Rauschen und dem Geräusch der kleinen, sich überschlagenden Wellen näher war.

Und plötzlich bemerkte ich etwas. Treibgut. Oder doch nicht? Je näher ich es mir anschaute, desto mehr machte ich eine alte Weinflasche aus.

Ein Pinot Noir, denn das Schild hatte dem Wasser wohl hartnäckig getrotzt. Also kein Treib-, sondern eher Strandgut. Vielleicht hatte jemand einen Wein getrunken und ihn anschließend irgendwo in der Elbe versenkt, das kommt nun mal vor. Und wahrscheinlich hätte ich bald davon abgelassen, hätte sich nicht just in dem Moment ein kleiner, frecher Sonnenstrahl den Weg bis zum Flaschenbauch gebahnt und mir, ja, so kann man das wohl sagen, Erleuchtung gebracht.

Ich hatte tatsächlich eine Flaschenpost gefunden! Irgendjemand, den ich noch nie gesehen hatte, irgendjemand auf dieser weiten Welt hatte Kontakt zu mir aufgenommen, ohne sich dessen bewusst zu sein.

Mittlerweile habe ich ein kleines, geheimes Weinregal im Keller, gefüllt mit poetisch-melancholischer Flaschenpost. Denn was mir zunächst wie ein großer, einmaliger Zufall erschien, wiederholte sich einige Male. Jeden letzten Samstag im Monat liegt genau an derselben Stelle, vielleicht mit einigen Metern Abweichung, eine neue Flaschenpost. Mal eine Botschaft in Cabernet Sauvignon, mal in Merlot. Nur ein einziges Mal bin ich leer ausgegangen und die Flasche ist davon getrieben oder mir gestohlen worden. Ansonsten muss der Winkel oder die Strecke entlang des Flusses so exakt berechnet worden sein, dass sie immer wieder hier landet. Oder es ist eben Schicksal, wenn man denn an solche Ungewissheiten glauben mag.

Nun ja, das ist jedenfalls die Geschichte davon, wie ich zur Sammlerin einsamer Flaschenposten wurde. Und seit gestern trage ich eben jene mit mir herum, weil ich sie noch nicht öffnen mochte. Der passende Moment war noch nicht da. Ich habe diese Flaschenposten, offen gestanden, noch mit niemandem bisher geteilt. Ich hoffe, du eignest dich als gute Geheimnishüterin."

Sie hat die besondere Art, Geschichten nicht zu kommentieren. Nicht, wenn die Antwort noch nicht wohlüberlegt ist oder wenn ein Nicken reicht, um zu zeigen, dass sie alles gehört hat. In einer Welt, in der Menschen ununterbrochen sprechen und Schweigen ein Anlass für Scham bietet, erscheint sie mir damit wie ein Exot. Stattdessen besteht ihr Kommentar in der Beantwortung meiner Frage, die ich zuvor an sie gestellt hatte.

„Als kleines Mädchen habe ich den kleinen Prinzen geliebt auf seinem fernen Planeten mit der roten Rose. Ich habe mir alle schönen Worte und Zitate von Antoine de Saint-Exupéry aufgeschrieben. Er sagte einmal: *Man sieht nur mit dem Herzen gut. Das Wesentliche ist für die Augen unsichtbar.*

Es ist mein Lieblingszitat. Bis heute.

Wenn man die Dinge nicht sieht, dann fängt

man an, sie zu spüren. Bis ich 18 Jahre alt war, war ich Sammy, die Flüchtende. Sammy, die alles um sich herum verabscheute. Die graubraunen Fassaden, erleuchtet von zu grellen Lichtern, machten mich krank. Ich wollte innerlich schreien, und als ich dann das Sehen verlor, fing alles an, sich neu zu zentrieren.

Ich muss meine Augen nicht öffnen, denn sie zeigen mir nichts, verstehst du?

Ich fing an, in einem Dunkellabor für Fotoentwicklung zu arbeiten und es war eine unfassbar befriedigende Tätigkeit. Es ist als ob man tanzen würde im immer gleichen Rhythmus und dabei Wellen erzeugt, die den Raum erfüllen und auf andere Wellen treffen, die andere Menschen aussenden. Jeder taucht den Film ein, zieht ihn durch die Flüssigkeit, hängt ihn auf.

Aber meine Sinne führten mich woanders hin. Ich begegnete in einer Boutique, in der ich mich durch die Kleider tastete, einer Modedesignerin und kam auf die Idee, mich als Modell zu versuchen. Ich trage ihre Entwürfe, schlüpfe hinein und kann völlig unabhängig vom verfälschten Bild eines Spiegels sagen, welches Gefühl der Stoff und die Form mir übermitteln. Ich kann mich frei fühlen in weiten Leinenhosen und umarmt in engen Stretch-Pullovern. Ich kann mich sexy, gemütlich oder stark fühlen und darum geht es. Nicht um den Look, sondern um das Gefühl.

Das Gefühl fällt stets die letzte Entscheidung. Augen übermitteln nur Fakten, die jeder selbst interpretiert und in unterschiedliches Licht wirft. Nicht zu sehen bedeutet für mich, Dinge klarer wahrzunehmen. Ich taste und höre und schmecke anders und präziser, weil mein fehlender Sinn mich bereichert. Ich muss nicht mehr fliehen bis zum Kap von Südafrika, um der Tristesse zu entkommen. Ich habe mich jetzt eingefunden."

Eingefunden. Das Wort hinterlässt einen schalen Geschmack im Moment. Dennoch bin ich fasziniert von ihrer Geschichte wie ein Weltumsegler, der plötzlich nie dagewesenes Land entdeckt.

Manchmal muss man eine Frage nicht stellen, um zu wissen, dass jemand sie nicht hören möchte. Und ich hatte tausende Fragen im Kopf. Wie bist du blind geworden? Wie lebst du, wenn du nicht weißt, wohin du deine Fernbedienung verlegt hast? Wie findest du dich zurecht zwischen den Menschenmassen und hupenden Autos? Wie weißt du, ob jemand lügt, wenn du ihm nicht in die Augen schauen kannst?

Doch ich hatte das Gefühl, dass sie nicht

darüber weitererzählen wollte. Dass sie eine runde Geschichte um ihre eigene Person gebaut hatte und dass das genug Einblick in ihr Leben geben sollte. Zumindest für den Moment.

Also fragte ich nur eins: „Was vermisst du am meisten?"

04.10.2017, Wohnung in Ottensen, Dachgeschoss, nach Mitternacht

Sammy lacht und es ist wunderbar, sie so lachen zu hören. Ganz leise und perlend. Dabei fährt sie sich mit einer Hand über das Gesicht. Vom Haaransatz links oben kreisförmig bis rechts unten zum Kinn. Sie liegt auf der Couch und sieht aus wie eine Figur im Märchen. Ein langes rotes Samtkleid, mit Schleifen am Rücken, die man erst sieht, wenn sie aufsteht. Die Ärmel sind gepufft und sehen ein wenig aus wie in den 80er Jahren. Nur ihre Wollsocken mit Avocado-Muster passen nicht ganz ins Märchen-Image. Aus ästhetischen Gründen bleibt mir nichts anderes, als ihr Outfit für stilmäßig fragwürdig zu halten. Gleichzeitig finde ich es wahnsinnig interessant. Es ist ein typischer Sammy-Look. Er stiftet Verwirrung. Seit 20 Uhr helfe ich ihr ein bisschen, das nachzuholen, was sie am meisten vermisst. Lesen. Einfach mal lesen. Für sie gibt es kaum etwas Schlimmeres als die getrimmte Stimme der Sprecher bei Hörbüchern. Selbst lesen ist unmöglich. Aber vorlesen kann ich ihr. Authentisch vorlesen. Mit Räuspern und Verhaspeln. Jetzt kommt es mir zugute, dass ich manchmal zu schnell lese und dabei das Atmen vergesse und dann erst einmal innehalten muss,

um die versäumte Atempause nachzuholen.
Dann diskutieren wir ein bisschen. Ob ich leiser
werden muss, um Edward einen ängstlichen
Unterton zu geben. Nicht der Vampir. Die Rede
ist von Jane Austens stillem Helden. Wir lesen
Verstand und Gefühl. Sammy hat noch nie von
Jane Austen gehört und ich kann es nicht
ertragen, wenn jemand starke Frauen nicht
kennt.

Jane hat um 1800 Romane geschrieben, obwohl
es sich für eine Frau nicht schickte. Sie blieb ihr
Leben lang allein und nach ihrem Tod sagte ihr
Bruder, sie hätte nicht viel erreicht. Dabei war
sie unglaublich gesellschaftskritisch und hat seit
jeher dafür gesorgt, dass ihre Figuren
zueinander finden, obwohl sie augenscheinlich
alles andere als perfekt sind.

Vielleicht musste ich dabei an Sammy denken,
weil sie auch fern von Perfektion ist und
trotzdem so unglaublich stark. Sie sieht ihre
Blindheit als Stärke an, wo andere sie als größte
Schwäche kaum ertragen könnten.

Sammy macht mir mal wieder bewusst, wie
subjektiv jeder Mensch die Welt wahrnimmt.
Wie wir etwas sehen beruht auf Erfahrungen,
auf der momentanen Stimmung und den
Menschen, die uns umgeben. Als ich Sammy
zum Taxistand hinunterbringe, beschreibt sie
mir, was um uns herum geschieht. Dadurch,

dass ihre übrigen Sinne viel mehr geschärft sind als meine, begreift sie die Dinge völlig anders.

„Hörst du den Helikopter, der Richtung Westen fliegt?".

Doch egal wie sehr ich meine Ohren anstrenge, da ist nichts außer dem Geräusch von Autos, die spät nach Mitternacht die Straße hinunter rattern.

„Ich glaube, du meinst das Geräusch der anfahrenden Autos vor der Kreuzung, Sammy. Da ist kein Helikopter, wirklich."

Und als ich meinen Kopf hebe, sehe ich den Rettungsheli Richtung Kinderkrankenhaus davonfliegen. Ich bin so stark mit meinem Sehsinn verbunden, vertraue ihm so sehr, dass ich etwas oberhalb meiner Sichtlinie nicht wahrgenommen habe. Meine Sinne fanden es schlichtweg nicht bemerkenswert. Stattdessen beschreibe ich ihr die Farben der Autos. Wie ein roter Fiat sich zwischen den unzähligen grauen, blauen und schwarzen Mercedes und VWs hindurchschlängelt.

Sie fragt nach der Farbe des Kirchturms, als die Glocken leise eins läuten und nach dem Haarschnitt eines wütenden Fahrradfahrers, der einen Autofahrer anblökt, welcher ihm fast die Vorfahrt genommen hätte.

Das Summen der Fahrzeuge ist für mich ein einheitlicher Schwarm aus nicht

auszumachenden Auspuffen und Autos. Sie
hingegen nimmt einzelne Autos dazwischen
wahr, kann am Geräusch der Beschleunigung
die Automarke ausmachen, wenn ich erst auf
das Markenzeichen schauen muss. Fast spielend
erkennt sie den Unterschied zwischen einem
Skoda Octavia und einem Audi.

Als ich sie frage, woher sie sich so mit Autos
auskennt, überhört sie mich und meint, zu
merken, wie ein Taxifahrer in die Parkbucht
fährt. Tatsächlich parkt ein etwas in die Jahre
gekommenes Taxi vor uns und eine syrische
Frau erkennt Sammy, die eine leidenschaftliche
Taxifahrerin ist, wieder.

Mit überraschend strahlendem Lächeln und fast
unscheinbarem Akzent öffnet sie Sammy die
Tür und hilft ihr beim Einstieg. Ich ertappe
mich dabei, zu überlegen, ob Sammy ihren
Akzent bemerkt. Oder ob ich ihn, so minimal
wie er auch ist, nur bemerke, weil ich ihr eben
ansehe, dass sie nicht von hier ist, dass sie
aussieht wie ein Kind des Orients.

Als das Taxi nicht mehr zu sehen ist und
zwischen den Stadtlichtern in der Nacht
verschwindet, die alles fast taghell erleuchten,
denke ich über unsere Gespräche nach. Und ich
bin mir ziemlich sicher, dass Sammy mich sehr
gut verstanden hat, als ich fragte, woher sie sich
so gut mit Autos auskennt. Dass sie absichtlich

nicht gehört, nicht geantwortet, hat. Und ich weiß, dass es ein weiteres kleines Geheimnis ist, dass sie in sich birgt. Ein weiteres kleines Geheimnis, in dem Mysterium, dass sich um sie gebildet hat wie schwarze Materie, die um sie wirbelt. Man sieht es nicht und doch ist es da. Das Unlösbare, das Faszinierende. Und ich komme nicht drum herum, mich zu fragen, wer sie wirklich ist.

06.10.2017 Flughafen Hamburg, eine Stunde vor Abflug

Mir ist es immer unangenehm, in der Öffentlichkeit zu telefonieren. Besonders, wenn es um private Themen geht. Ich bin bereits durch den Check-In durch. Um mich herum müde Menschen. Nachteulen und Langschläfer, die sich durch irgendeinen Termin oder günstigen Urlaubsflug gezwungen sehen, bereits um sieben Uhr morgens am Flughafen zu sein. Mein Telefon klingelt. Meine Nichte hat peinlicherweise irgendeinen Bibi und Tina Klingelton eingestellt und meine technische Affinität ist nicht ausreichend, um diese Tücke aus dem Weg zu räumen. Peinlich berührt ziehe ich mein Smartphone aus den engen Vordertasche des straffen, schwarzen Bleistiftrockes.

„Henry, ich bin gerade auf dem Weg zu einer Konferenz.

Ja genau, am Flughafen.

Nein, Hamburg, nicht Berlin. Ich muss nach München.

Es tut mir leid, dass ich nicht zurückgerufen habe. Ich hatte vorgestern noch Besuch.

Eine junge Frau -

Nein. Nein, ich verrenne mich da nicht und es ist auch nicht mein Helferinstinkt.

Ich erzähle dir von ihr, wenn du zurück bist.
Pass auf, ich rufe dich morgen nochmal an,
wenn die Konferenz vorbei ist.
Ja, genau.
Danke. Ich dich auch."
„Helferinstinkt", murmele ich und schüttle den
Kopf. Ich glaube, das ist das letzte Wort, das
zutreffend wäre, um mein Verhältnis zu Sammy
zu beschreiben. Ich spüre eine Hand an meinem
Oberarm. Eine Frau lächelt mir zu. Breites,
gutmütiges Lächeln mit stabilen Zähnen. Ein
rundes Gesicht und Augen, an denen ich einen
gewissen Mangel an Intellekt, ausgeglichen mit
einem Überschwang an Güte, ablesen kann. Sie
trägt eine ausgeblichene rote Bluse über ihrem
kurvigen, weiblichen Oberkörper.
„Lassen Sie sich nichts einreden", sagt sie und
streichelt mir über die Schulter.
„Ich finde es ganz toll, dass sie was im Bereich
soziale Arbeit machen. Wirklich. Ganz toll. Es
gibt viel zu wenige von eurer Sorte. Man sieht
es ihnen auch gar nicht an in ihrem schicken,
schwarzen Anzug. Wirklich, ganz toll."
Dann klopft sie mir noch mal auf die Schulter
und geht. Ihr massiger Körper wogt Richtung
Gate und ich stehe, verdutzt, das Handy noch
in der Hand, mitten im Gang.
„Moment", rufe ich, „ich bin gar keine
Sozialarbeiterin, ich bin - ", aber sie ist schon

außer Reichweite. „Wir bitten alle Passagiere des Fluges LH2083 nach München zum Gate. Ich wiederhole…", tönt es aus den Lautsprechern und ich mache mich mit meiner Handtasche in der Armbeuge auf den Weg und wundere mich, wie schnell ich zu einer Sozialarbeiterin deklariert wurde. Obwohl doch das Gesehene anscheinend dem Stereotyp widersprach und auch das Gehörte nur eine zweifelhafte Grundlage sein konnte. Manchmal reichen eben selbst zwei mittelmäßige Sinneseindrücke nicht aus, um etwas einschätzen zu können. Denn eine Sozialarbeiterin bin ich bei weitem nicht, auch wenn ich durchaus dankbar bin, dass Sammy nie nach meinem Beruf gefragt hat. Ich fürchte, dass es unser natürliches Verhältnis zueinander ändern könnte. Dass sie sich im schlimmsten Fall ausgenutzt fühlen würde. Und so beschloss ich, mich diesbezüglich auch weiterhin in Schweigen zu hüllen.

09.10.2017 Typisch norddeutscher Keller, Hamburg, 17 Uhr

Sammy tastet sich langsam an den Wänden die Stufen hinunter. Es ist feucht, fast ein wenig stickig, und der Geruch erinnert mich jedes Mal an die Abstellkammer meiner Großmutter. Ein muffeliges, schlecht belüftetes Kämmerchen voller alter Weckgläser.

Sammy hört, wie die Rohre über ihrem Kopf arbeiten. Wie die Leitungen fast gewaltvoll das Wasser nach oben in die Wohnungen pressen. Wie es leise rauscht und ächzt. Ich mag es, wenn sie mir Dinge beschreibt, die ich gar nicht bewusst wahrnehme. Es ist jahrelanges Training, denn wenn ich die Augen schließe, fühle ich mich vor allem orientierungslos. Mein Hör- und Tastsinn ist nicht so fein abgestimmt wie ihrer.

Rechts um die Ecke ist mein Kellerraum, ich nehme sie sanft am Ellbogen, um sie dorthin zu lenken. Und ich spüre, dass sie sich nicht sicher ist, ob sie diese Hilfestellung wertschätzt oder aber verabscheut, weil sie sie zu einer Invalidin degradiert. Also lasse ich direkt wieder los, als wir vor der Tür stehen. Das Schloss wehrt sich ein wenig gegen unser Eindringen, es knattert und gibt nur mühsam nach. Ich mache das Licht an und eine alte Glühbirne leuchtet mittig im

Raum auf. Das Licht flimmert bläulich. An der gegenüberliegenden Wand, links neben dem kleinen, vergitterten Kellerfenster, steht mein Weinregal. Sammy tastet sich vor zum alten Sperrmüllsofa. Der raue Boden knirscht, als sie durch den Raum watet wie ein Tiefseefischer durch das Watt. Ganz vorsichtig und in der Absicht, die Umgebung langsam abzuschätzen. Fremdes Revier. Währenddessen ziehe ich den Reißverschluss meiner Jacke so weit nach oben wie nur möglich, denn es zieht ein bisschen, das Fenster ist nicht gedämmt. Ich nehme den Merlot aus dem Regal, dritte Reihe von oben, zweites Fach von rechts.

Sammy kennt nur die eine Flaschenpost, die vom Verlorengehen in der Weite des Meeres, und ihr Hunger nach Geschichten verlangt nach mehr. Es erschreckt mich ein bisschen, wenn ich darüber nachdenke, dass ich mein Geheimnis mit jemandem teile, den ich eigentlich kaum kenne und der mich, zumindest meines Wissens nach, noch weniger kennt. Es ist ein Vertrauen auf wackeligen Beinen. Mein Motiv? Neugierde. Neugierde auf ihre Reaktion. Und ich konnte ihr den Wunsch nicht abschlagen, als sie nach den anderen Flaschen fragte. Und vielleicht, ganz vielleicht habe ich sie auch ein bisschen in mein Herz geschlossen.

„Liest du mir vor?", fragt sie und ich ziehe das

zusammengerollte Papier aus der Flasche. Blau-weißes Glühbirnenlicht flimmert auf weißes Papier. Ich erhebe meine Stimme.

Es sitzen fünf Vögel auf einem schwachen Ast. Eine Taube, ein Falke, ein Kuckuck, ein Rotkehlchen und eine Schwalbe. Es kommt Sturm auf und der Ast bewegt sich wild. Aber sie haben das Fliegen verlernt, ihnen wurden die Flügel gestutzt und sie merken nicht, dass die Federn längst wieder kräftig sind. Und als der andere Falke seinesgleichen über den Himmel ziehen sieht, wird er neidisch, in ihm brütet die Wut. Und so fällt der erste Vogel. Der Falke hat der Taube, seiner treuen Partnerin, die Augen ausgehackt.
Ein zweites Mal fliegen seinesgleichen durch den Himmel und er sieht, dass ihre Nachfahren ihnen gleichen, dass sie schmal und schnittig sind und er schaut auf den Kuckuck. Und er stößt das Kuckuckskind hinab. Und so fällt der zweite Vogel. Der Falke ist zerfressen von bösen Gefühlen. Er schaut auf das kleine, ängstliche Rotkehlchen, dass mit einem Falken so wenig gemein hat, und es dauert nicht lange, bis er beschließt, dass es auch sterben muss. Die Schwalbe sieht es mit Furcht, sie stürzt sich selbst vom Ast hinab und da merkt sie, dass ihre Flügel sie tragen und sie schwebt.
Sie kreist über dem Falken. Sie sieht, wie er dem Kehlchen die Augen aushackt, und wie es verzweifelt

die Flügel spreizt und sich erinnert, dass es zum
Fliegen geboren ist.
Der Falke wird rasend, als er sieht, dass die zwei
Vögel ihm entkommen. Er streckt die Flügel aus,
doch eine Böe weht heran und der Ast kracht hinab.
So fällt der dritte Vogel.
Und droben kreisen Schwalbe und Rotkehlchen.
Doch es ist blind und erkennt ihn nicht. Und es
hasst, dass Vater Falke ihm die Augen ausgehackt
hat. Und so kreist die Schwalbe höher und höher und
entfernt sich von der grausamen Szenerie. So fliegt
der der fünfte Vogel in Einsamkeit. Und der vierte
tut es ihm gleich.

Sammy schweigt. Sie überlegt.
„Es ist ganz anders als der Text über das Meer",
sagt sie. Auch ich bin immer wieder erstaunt
über diese Ballade, erstaunt über die
Grausamkeit und ich versuche immer wieder,
sie zu verstehen. Für mich ist es ein Gleichnis
für den Zerfall einer Familie. Ein von Wut
zerfressener Vater zerstört alles um ihn herum.
„Vielleicht geht es aber auch einfach nur um
Vögel", sagt Sammy. Und ich bin erstaunt
darüber, dass sie diese Art der Interpretation
nicht sehen will.
„Welcher Vogel wärst du denn?", frage ich. Sie
überlegt nicht lang.
„Das Rotkehlchen. Aber ich würde den Falken

vom Ast schubsen, bevor er auch nur auf den Gedanken kommt, mir die Augen auszuhacken und dann würde ich fliegen, hinaus in die weite Welt." „Mit oder ohne Schwalbe?"

„In dieser Geschichte ohne. Die Schwalbe war feige und hat tatenlos zugesehen. Ich finde das unehrlich. Die Schwalbe kann alleine fliegen."

„Ich wäre die Taube", sage ich, „und ich würde ganz sanft gurren, bis der Falke zur Ruhe kommt, und mit den anderen Vögeln zu einem stärkeren Ast fliegen."

Sammy nickt und lächelt.

„So Frau Taube", sagt sie, „wären sie so liebenswürdig, mit mir nach oben zu gehen und einen Stadtplan hervorzukramen? Es wird Zeit, diesem Meeresreisenden und Vogelflüsterer auf den Grund zu gehen. Wir sollten uns mal den Verlauf der Elbe anschauen. Wäre es nicht großartig, den Sender der Post zu finden? Und zu sehen, ob er im wahren Leben auch so düstere Gedanken hat? Außerdem habe ich dir einen Pullover mitgebracht. Enganliegend, Rollkragen, ganz samtig. Den habe ich von meiner Arbeitgeberin bekommen und das Gefühl erinnert mich an dich. Er ist ganz warm und sanft und ein bisschen besonders, mit einem kleinen Schnitt rechts und links an der Seite."

Und jetzt kann ich nicht anders, als sie in mein Herz zu schließen. Es passiert ganz schnell, in einer warmen Woge, die in meinen Brustraum schwappt. Nicht, weil ich mit Geschenken leicht zu haben bin oder es mir schmeichelt, dass ich in ihren Augen ein angenehmer Rollkragenpulli bin, sondern weil ich tief in mir ahne, dass sie sonst nichts verschenkt. Weil es niemanden gibt, dem sie was schenken möchte. Und vielleicht auch, weil es einen immer etwas zusammenschweißt, wenn man Geheimnisse miteinander teilt. Also stimme ich ihr zu: Es wird höchste Zeit, den oder die Schreiberin hinter der Flaschenpost zu entdecken. Warum bin ich selbst noch nie vorher darauf gekommen, mich auf die Suche zu begeben?

09.10.2017, Wohnung in Ottensen, Dachgeschoss, kurz vor 19 Uhr

Wir sitzen auf dem Boden und ich tüftle, wie ich Sammy den Verlauf der Elbe am besten beschreiben kann. Schließlich kommt mir die Idee, eine Stecknadel an den Fundort zu stecken. Durch die Karte hindurch in den Fußbodenteppich. Dann führe ich ihren Finger über die geschlängelte blaue Linie, bis wir an der Stecknadel anstoßen.

Während ich in der Küche zwei Cocktails zusammenmische, fährt sie immer und immer wieder mit ihrem Finger über die Karte. Immer von Ost nach West entlang der Elbe. Als ich mich im Schneidersitz zu ihr setze, schaut sie mich an. Nein, das stimmt nicht. Sie dreht ihren Kopf in meine Richtung. Sie findet es schön, wie die Elbe Kurven schlingt, sich eines vertikalen Verlaufes verweigert, ein bisschen wild ist. Ich möchte ihr die Illusion nicht zerstören und verschweige, dass der Mensch leider durchaus einen Einfluss auf diesen Verlauf hatte. Er hat das Wasser mal nach rechts, mal nach links verschoben, so wie es gerade passte.

Sammy lächelt und reicht mir das Päckchen mit dem Pullover mit links, rechts hält sie ihren Cocktail und schlürft geräuschvoll am Strohhalm. Es ist in roséfarbenes Seidenpapier

eingeschlagen und knistert ganz verhalten, als ich es auspacke. Ich schlüpfe aus meiner Bluse und streife den Stoff über. In meinem Flur steht ein mannshoher Spiegel mit goldenem Rahmen. „Ich bin gleich zurück, Sammy", sage ich.
Der Pullover hat ein herrlich grausiges Muster. In grellem Pink und Ultraviolett kippen Farben ineinander, als hätte jemand wahllos zwei Farbeimer darüber ausgeschüttet. Auf einer Leinwand wäre es Kunst, vielleicht ein Gemälde, dass in einer schicken, modernen Wohnung in München hängt. Auf dem Pulli hingegen ist es eher grausam. Ich muss grinsen. Auch wenn sich etwas sehr schön anfühlt, kann die genauere Betrachtung eine Menge in anderes Licht rücken. Ich schließe die Augen. Fühle in mich hinein. Fühle den weichen Stoff auf der Haut, der mich so leicht umhüllt. Schön, denke ich. Es erinnert mich an einen Morgen, als ich Henrys Hemd aus Leinen übergestreift habe, es fehlt eigentlich nur der Duft nach Moschus und die Zeitreise wäre perfekt. Dann öffne ich die Augen. Und beschließe, einfach nicht mehr in den Spiegel zu schauen. Vielleicht kann man ihn ja färben?
„Danke Sammy", rufe ich ins Wohnzimmer, „der Pullover fühlt sich nach Liebe an."
Zwei Stunden später sitzen wir auf meinem Balkon, in dicke Decken eingehüllt und unser

Atem bildet kleine Wolken in der Nacht. Zwei Kerzen flackern auf dem kleinen Marmortisch und wir liegen auf den Liegestühlen. Fuß an Fuß. Über uns schimpft jemand wegen Lärmbelästigung. Sammy presst sich die Hand vor den Mund und kichert. Wir spielen *Ich sehe was, was du nicht siehst* für Blinde.

„Ich höre etwas, das ist miesgelaunt", kichert Sammy.

Nicht besonders schwierig. Mein Nachbar von oben. Ich komme mir ein bisschen kindisch vor, aber kann nicht anders, als mich von ihrem freudigen Lachen anstecken zu lassen.

„Jetzt ich. Ich hör was, dass lebt."

Sie dreht ihren Kopf zur Seite und lauscht. Ihre Nase kräuselt sich dabei ein bisschen.

„Die Katze? Nein, nein, Moment. Das war nicht echt, das kam aus einem Fernseher. Warte, gib mir nur eine Sekunde. Jetzt hab ich´s: Der Kauz! Ja, jetzt hör ich ihn!"

Mir bleibt nicht viel anderes als mich geschlagen zu geben, obwohl Sammy mir schon die für ihren Geschmack leichteren Geräusche gibt. Für mich ist das Original-Spiel deutlich einfacher. Aber zugegebenermaßen wäre es unfair, Sammy hätte keine Chance. Nicht in einer Umgebung, die sie nicht vor ihrer Erblindung schon mal gesehen hat.

„Sag mal, ein Fluss hat doch eine bestimmte

Fließrichtung oder?", fragt sie, nachdem unser
Spiel beendet ist.

„Ja."

„Und auch eine bestimmte
Fließgeschwindigkeit?"

„Sicherlich abhängig von den
Windverhältnissen, aber grundsätzlich gibt es
eine bestimmte Strömung, genau."

„Und die Elbe ist ja ein Fluss?"

„Ja."

„Könnte man dann nicht berechnen, wie schnell
die Flaschenpost sich im Wasser bewegt und in
welche Richtung? Und davon ausgehend
vielleicht herausfinden, wo der Startpunkt sein
muss?"

Ich überlege.

„Mein Gott, Sammy", sage ich, „warum
eigentlich nicht? Es ist bestimmt nicht ganz
einfach und ich fürchte mich jetzt schon vor der
riesigen Gleichung. Aber möglich ist es ganz
bestimmt."

Sie stupst mich mit ihrer Schuhspitze an.

„Meinst du, er oder sie möchte wohl gefunden
werden? Also, der Flaschenpostabsender?"

Ich lächle.

„Ich glaube, jeder möchte irgendwie gefunden
werden. Dass er keine Kolumne schreibt oder
einen Ausruf im Radio macht, in dem er sich zu
erkennen gibt, zeigt vielleicht nur, dass er es

noch nicht weiß. Manchmal weiß man einfach nicht, wie sehr man sich danach sehnt, dass irgendwer einen findet."

10.10.2017 Shanghai-Allee, Hamburg, dritter Stock, 18 Uhr

Ich stehe vor dem riesigen Gebäudeblock, in dem Sammy ihre Wohnung hat. Ein Neubau mit riesigen Fenstern. Einer von vielen, der hier in den letzten zwei Jahren mit einer an Wunder grenzenden Geschwindigkeit hingesetzt wurde. Eine Wohnung verrät so viel über einen Menschen. Mein Herz klopft. Wie sieht es in einer Wohnung aus, die von einer Blinden eingerichtet wurde? Ich schaue hinauf Richtung dritter Stock. Hat sie es überhaupt selbst eingerichtet oder war es jemand anders? Was verrät mir das Mobiliar überhaupt, wenn sie es doch gar nicht sehen kann? Dann deuten sanfte Grüntöne nicht auf einen harmonischen Menschen, weil sie die Farbe einfach gar nicht sieht. Für sie zählt Gefühl und Form, die Farben werden nichts über sie preisgeben. Sammy ist so schwer zu greifen. Die Maßstäbe anhand derer ich andere Menschen versuche zu lesen, rinnen mir wie Sand durch die Hände. In meiner Jackentasche liegt ein kleiner runder Stein, ich fahre mit meinem Finger darüber, wieder und wieder und weiß nicht, ob es meine Aufregung besänftigt oder anfeuert. Warum bin ich überhaupt aufgeregt? Vielleicht, weil ich gleich einen Teil ihrer Welt betrete und es sein könnte, dass mir dieser Teil absolut nichts über sie verrät. Oder eben alles.

Es gibt zehn Klingelschilder, Sammys ist in der dritten Reihe ganz links: *S. Niedermaier*. Klare, moderne Lettern. Times New Roman. Das Plastikschutzschild auf dem Namen ist mit Messing eingefasst. Es schrillt elektronisch, als ich den eckigen Klingelknopf drücke.

„Hallo, ich bin es", sage ich, als ich es in der Gegensprechanlage summen höre.

Eine ziemlich nichtssagende Angabe, *Ich* könnte ja jeder sein. Schön, dass sie mich nicht am Inhalt meiner Worte, sondern an dem bekannten Ton meiner Stimme erkennt. Die große Tür öffnet sich automatisch und ich trete aus dem leichten Windrauschen hinein ins totenstille Treppenhaus. Ein bisschen riecht es nach penetranter Farbe. Typus: Der chemische Geruch ist unvergänglich.

Ich ziehe die Treppen dem Aufzug vor und steige hinauf in den dritten Stock. Vorbei an weißen Wänden, weißen Türen mit grauem Granitboden und weißen Marmorstufen. Und das fühlt sich gut an für jemanden wie Sammy? Wenn es so riecht und so nachhallt bei jedem Schritt? Denn allein optisch ist diese Kälte und das beständige Weiß, eine Nicht-Farbe, ein Nichts, unglaublich erdrückend.

Ihre Wohnung überrascht mich, sie überrascht mich unglaublich. Die bunte Sammy wohnt in einer aalglatten, weißen Wohnung. Moderne Möbel mit weichen Formen stehen weit verteilt im Raum. Das Sofa mitten im Zimmer hat eine Wellenlinie und ist plastisch gebaut, man sinkt ein in die Schaumstoffpolster und kann von hier aus die ganze rein-weiße Welt betrachten. In der Ecke ist eine kleine Küchenzeile, der Rest besteht aus der Wohnzimmergarnitur, einem Tisch mit zwei Stühlen und einem Arbeitsbereich vor einem großen Fenster, durch das Licht fällt, welches den ganzen Raum durchflutet. Der Boden ist rau. Damit sie nicht ausrutscht und fällt, verrät sie mir später. Am meisten beeindruckend ist die riesige Radioanlage neben dem Schreibtisch, die den ganzen Raum mit ihrem Sound durchfluten kann wie das Epizentrum eines Erdbebens. Angrenzend ist ein großräumiges Bad mit Stangen, an denen sie sich zur Duschwanne oder Toilette entlang hangeln kann. Ich werde keine großen Worte darüber verlieren, denn es sieht aus wie jedes moderne Bad in einem schicken Neubau, Granit und weißer Stein. Das Schlafzimmer ist kleiner. Es versteckt sich hinter einer Schiebetür. An der Rückwand steht ein Himmelbett. Es ist der einzige schwarze Einrichtungsgegenstand, den ich in der ganzen

Wohnung ausmachen kann. Wie ein großer Rabe, der mitten im Zimmer hockt. Öffnet sie ihren Kleiderschrank, passen die grellen Farben so wenig in diesen Raum, in dem der Rabe gegen den weißen Boden kämpft. Viele Kleidungsstücke sind schrill, einige sanft in Pastelltönen. Ich streiche durch all den Stoff, um ein bisschen nachzuempfinden, was Sammy bei jedem einzelnen dieser Kleidungsstücke spüren könnte, und bin ein bisschen verzaubert. Nur das schwarze Bett sitzt mir im Nacken und auch wenn ich es nicht sehe, spüre ich, dass es hinter meinem Rücken thront. Es fällt mir schwer, hier fern von Farbe einen Eindruck über das Zimmer zu gewinnen. In meinem Kopf ruft es: Schwarz steht für das Böse, schwarz kann schick sein, schwarz kann der Tod sein, schwarz ist gar keine Farbe, ebenso wenig wie weiß. So ist Sammys Wohnung also im Wesentlichen farblos und es wirkt wie in einem Arte-Film, wenn sie dort auf dem Sofa sitzt mit ihrer königsblauen Schlaghose und dem roten Wollpullover mit dem tiefen V-Ausschnitt und der Farbklecks ist in ihrer eigenen Welt. Ich beginne mich erst zu entspannen, als leise Musik aus der Radioanlage kommt. Klassik. Brahms erfüllt angenehm den ganzen Raum. Es ist, als würde man in einem Konzertsaal sitzen, so gut ist die

Akustik. Aber eher auf den hinteren Rängen, denn vorn wäre es lauter und intensiver.

Wir haben diesmal Sushi beim Asiaten bestellt. Gefüllt mit Avocado und Zucchinistreifen. Während ich mir ein Maki in meinen Mund schiebe und der Geschmack von Meeresalge sich in meinem Mundraum ausbreitet, löse ich mein Versprechen ein.

„Wenn du magst, kannst du mich jetzt auch mal besuchen kommen, aber nur wenn du eine Flaschenpost mitbringst. Das musst du mir versprechen."

Das waren ihre Worte, als wir gestern Abend auf dem Balkon bei mir saßen. Brahms wird leiser, ich schiebe die Sushi-Platte mehr in die Mitte des Couchtisches und meine Stimme schickt Laute durch das Weiß.

Manchmal bin ich rastlos. Dann kehre ich an einen Ort zurück, der mich daran erinnert, wer ich war. An eine Rolle, die ich nicht verlassen kann. Es gibt nur diesen einen Ort.
Erster Akt, Auftakt.
Ich verstecke mich hinter einem Baum. Dabei haben die Geister diesen Ort längst verlassen. Nur ich stehe noch hier und schreie und weine. Ist alles nur in meinem Kopf. Das hier ist nur ein Theaterstück und ich bin nur ein Darsteller. Ich spiele eine Rolle, die mir gegeben wurde, obwohl ich sie nicht wollte.

Ich bin gefangen, noch immer. Obwohl das nächste Stück schon begonnen hat. Der Vorhang geht auf, da sitzt das Publikum. Gafft auf das Haus, weil es seine Geschichte nicht kennt. Und ich muss spielen. Ich spiele den Jungen, der rennt. Den Jungen, der rennt und an seinem Bein das Haus mit sich zieht. Es ist grau, das Haus. Grauer Putz. Alte rote Dachpfannen. Es ist kein schönes Haus. Jeder von uns hat ein bisschen von diesem Haus in sich. Jeder hat eine Rolle, jeder wird von einem Publikum bejubelt und ausgebuht. Ich bin nur ein Schauspieler, das hier ist nur ein Monolog.

Im Haus sitzen die Leute, deren Blut in mir fließt. Die Figuren, die mich erschufen. Darsteller, die eigentlich das Stück nicht verstehen, weil sie nur die Szenen im Haus kennen und nur ihre eigene Rolle zu spielen vermögen. Nur ihre, nicht meine. Meine Rolle verlässt mich nicht. Sie ist eine treue, teuflische Seele. Ich will durch den Vorhang entschlüpfen, doch das Haus, das ich an der Fußfessel hinter mir her ziehe, ist zu schwer. Es rüttelt nur am Haus, die Menschen darin schreien, sie mögen´s nicht, wenn es rüttelt und der Putz von den Wänden rieselt. Das Publikum buht. Ich kann kaum nach vorn und schaue nur zurück. Dort steht das Haus, eine schiefe Zwirbelweide ragt über den Zaun. Davor das Schild: Mich vergisst du nicht.

Ich komme nicht raus, aus der Rolle. Der zweite Akt beginnt. Und ich will schon lang nicht mehr spielen.

Ich rolle das Papier zusammen und schiebe es zurück in die Flasche. Sammy hat den Kopf auf das Sushi gerichtet, schiebt es mit ihrem Essstäbchen hin und her auf der Platte. Immer im Kreis.

„Ich glaube, es ist besser, wenn du jetzt gehst", sagt Sammy, „ich möchte ein bisschen allein sein. Das Sushi hat mir auf den Magen geschlagen."

Ich schlucke den Schreck hinunter.

Es ist nicht das Sushi, ich weiß es, sie weiß es, aber wir sprechen nicht darüber. Stattdessen unterhalten wir uns noch kurz über nichtige Themen, um die Stille zu füllen, während ich packe, aber etwas nagt an ihr. Es ist die Art, wie sie mit mir spricht beim Abschied, aber in Gedanken ist sie längst woanders, abgedriftet in düstere Gedankenwelten, in die ich keinen Einblick habe. Es ist nicht wie unsere Gespräche vor dieser Flaschenpost.

Am Ende dieses Tages weiß ich deutlich mehr von Sammy. Ich weiß, dass sie drei Mal am Tag Essen zugeschickt bekommt, weil es ihr schwerfällt, alleine zu kochen. Schneidemesser sind eine große Gefahr für die Finger, wenn man nicht sieht, wohin sie geführt werden. Dass ihre Wohnung möbliert wurde von einer Einrichtung, die Erblindete unterstützt und ihr auch bei der Wohnungsvermittlung geholfen hat.

Dass sie das ganze Geld für diese teure Gegend hauptsächlich von ihrem Job bei dem Modelabel hat.

Dass sie am liebsten Kinderhörbücher hört und es aber vermeidet, mir zu antworten, wenn ich sie nach ihrer eigenen Kindheit frage.

Dass sie damals die Anweisung gab, nur das Bett schwarz zu bestellen, weil ihre Träume das sind, wovor sie sich am meisten fürchtet. Weil sie sie in Welten tragen, in denen ihr Unterbewusstsein Bilder an eine Leinwand wirft, über die sie keine Kontrolle hat. Sie würde lieber nur mit dem Gehörsinn träumen.

Dass die Worte in dieser Flaschenpost etwas in ihr ausgelöst haben und dass ich den Text vielleicht genau deshalb ausgewählt habe. Ich wollte mehr wissen über ihre Rolle und über ihre Vergangenheit, die über ihr ragt wie ein dunkler Schatten. Darüber, welches Haus sie hinter sich herzieht.

Manchmal versteckt aber immer präsent.

Und ich weiß, dass Sammy nicht durch einen Unfall erblindet ist. Ich weiß, dass sie eines Tages einfach die Augen geschlossen hat, weil sie etwas nicht mehr sehen wollte. Nicht mehr sehen konnte. Keine anatomische, sondern eine willentliche Entscheidung.

Und nein, das hat sie nicht gesagt. Aber als ich

nach Hause gehe, ist es eine Ahnung tief in mir drin und meine langgehegte Vermutung wird zur Gewissheit. Nur der Grund für ihren Entschluss nagt an mir und lässt meinen Kopf heiß laufen vor lauter Spekulation. Er rotiert so sehr in mir, dass ich fast eine rote Ampel übersehe, als ich nach Hause fahre. Sammy, ruft es in mir. Sammy, warum?

16.10.2017 Wohnung in Ottensen, Dachgeschoss, exakt 16:02 Uhr

Nachdem sie sich fast eine ganze Woche lang nicht gemeldet hat, ist Sammy diesmal wieder bei mir. Wir verlieren zunächst kein Wort über die Ereignisse bei unserem letzten Treffen und ich bin froh, sie wiederzusehen. Meine Sammy in ihrem schrillen pantherpinken Mantel. „Es gibt Neuigkeiten!", rufe ich aus, während sie ihren Mantel auszieht und nach dem Kleiderbügel tastet, den ich ihr hinhalte. „Wir machen Fortschritte auf dem Gebiet der Flaschenpost. Mir ist eingefallen, dass ein alter Kommilitone von mir uns bei dem Rätsel helfen könnte. Er hat Meeresbiologie studiert und müsste sich eigentlich bestens mit Strömungen auskennen. Und jetzt kommt das Beste, liebe Sammy! Ich habe seine Telefonnummer rausgefunden. Ich konnte ihn zwar noch nicht erreichen, aber das kann nicht mehr lange dauern. Und dann kommen wir des Rätsels Lösung deutlich näher!"
Und nichts ist schöner als das Lächeln, mit dem sie mir antwortet.
„Weißt du", sagt sie, „ich hatte eigentlich nicht vor, darüber zu sprechen. Aber diese letzte Flaschenpost hat mich irgendwie an Dinge erinnert, die ich kenne. Ich habe das Gefühl,

dass mir der Verfasser ähnlich ist. Da ist so viel Traurigkeit in ihm. Viel weniger als in mir, aber dennoch…"

Ihre Hände fahren über den Saum ihres Pullovers. Sie hat sich mir geöffnet, denke ich. Zwar nur ein klitzekleines bisschen, aber immerhin und ich hatte Recht mit der Flaschenpost. Ich hatte Recht. Ich möchte ihr Vertrauen nicht überstrapazieren, sie hat es mir gereicht wie eine dünne rote Kordel, die noch nicht hält, wenn man allzu sehr daran zieht. Und noch weiß ich nicht, dass diese Kordel heute reißen wird. Nutzlose Fädchen werden im ganzen Raum herumflattern wie nach einer Explosion.

Es passiert, als ich in der Küche stehe und das Gemüse anbrate. Die Mi-Nudeln weichen gerade ein und Sammy sitzt im Wohnzimmer, sie sitzt wieder vor der Stadtkarte mit der Elbe und fährt immer wieder mit ihrem Finger dem Flusslauf entlang.

„Magst du kurz den Knopf unten rechts am Telefon drücken, Sammy? Ich möchte nur kurz wissen, ob ich neue Nachrichten auf dem Anrufbeantworter habe", rufe ich ihr zu. Henry kommt heute Abend zurück und er spricht mir für gewöhnlich auf den Anrufbeantworter, wenn sein Flug Verspätung hat. Ich höre, wie sie sich zum Telefon tastet.

„Sie haben eins neue Nachrichten", tönt die mechanische Stimme durch das Wohnzimmer, hinein in den kurzen Flur bis zur Küche. Und als die Nachricht beginnt, überkommt mich eine schreckliche Vorahnung. Ich haste zum Telefon. Nein, nein, nein! So darf sie es nicht erfahren. Der Teppich verrutscht, als ich durch den Flur haste. Im Kopf bastele ich mir bereits panisch Sätze der Erklärung zurecht. Aber ich bin zu langsam, viel zu langsam. Und zu schnell ist die Stimme auf dem Anrufbeantworter. Sammy steht vor dem Telefon. Sie starrt es an, auch ohne Augen, spüre ich wie sie darauf starrt. Ich möchte auf die Löschtaste drücken, doch ihre Hand schnellt vor und packt mich am Handgelenk, bevor ich den roten Knopf erwische. Sie hat gespürt, was ich vorhatte. Sie lässt nicht mehr los, und es tut weh, wie sie zudrückt. Ich bete, dass die Stimme endlich aufhört, zu sprechen. Es ist vorbei. Aber Sammy drückt die Wiederholtaste, sie braucht ein bisschen, bis sie sie findet, aber sie schafft es. Ich wage es nicht, irgendwas zu sagen. Ohne Worte spüre ich, wie sie mich anschreit, ich solle schweigen. Und die Tortur beginnt von Neuem. „Guten Tag, Frau Doktor. Es tut mir leid, dass ich sie privat anrufe, aber sie sind leider schon nicht mehr in der Praxis und der Psychotherapeutenrat hat eine Eilmeldung rundgeschickt. Soll ich Ihnen diese an die private Mailadresse weiterleiten? Außerdem hatten sie sich letzte Woche zwei Akten von ihrer Kollegin zukommen lassen. Kann ich die schon an Frau Doktor Eidelstätter zurückschicken oder besteht da noch weiterer Bedarf, es sind ja nicht Ihre Patienten, aber da möchte ich mich natürlich nicht einmischen. Ich wünsche Ihnen noch schöne Urlaubstage mit ihrem Verlobten. Wir sehen uns dann in drei Tagen, Frau Doktor!"

Im Zimmer herrscht eine Eiseskälte.

„Welche Akten?", fragt Sammy.

Ihre Stimme ist gepresst. Ich schlucke. Röte schießt mir ins Gesicht, ich kann es nicht verhindern.

„Sammy", sage ich und versuche, ganz sanft und versöhnlich zu klingen, „es tut mir leid, dass ich dir nicht gesagt habe, was ich beruflich mache."

Sie wiederholt ihre Frage.

„Das macht man manchmal. Frau Eidelstätter, also Sabine, ist eine gute Freundin von mir. Da tauschen wir uns manchmal aus."

Meine Stimme zittert.

„Hast du gewusst, dass sie meine ehemalige Therapeutin war?"

Ich schweige. Lügen sind manchmal so viel schöner als die Wahrheit. Wenn ich jetzt ja sage, dann zerfällt sie in ein Scherbenmeer. Sie wittert Betrug und vielleicht hat sie Recht damit, aber ich habe es nicht getan, um sie zu hintergehen.

„Wusstest du es?", schreit sie. Ich zucke zusammen, erschrocken von ihrer Wut.

„Es tut mir leid", flüstere ich.

Sie lässt mein Handgelenk los und geht zur Tür. Dabei stößt sie sich mit der Hüfte an der Kommode und flucht.

„Dein Versuchskaninchen muss jetzt gehen, deine Therapie ist leider gescheitert. Hoffentlich hat es Spaß gemacht, ein paar Diagnosen zu stellen. Sich was über Flaschenpostnachrichten auszudenken, um mich zu locken."

Ihre Worte sind getränkt mit Wut und Abscheu. Ich kann nicht anders als zu schweigen. Denn ich weiß, egal was ich jetzt sage, es würde falsch klingen in ihren Ohren.

„Wag es nicht, mich je wieder anzurufen. Ich kotze, wenn ich daran denke."

Ich höre, wie sie ihren Mantel vom Bügel reißt und mir stehen die Tränen in den Augen. Sie kommt zurück ins Wohnzimmer. Ihr Mund ist verzerrt, sie atmet heftig.

„Sag mir nur eins, war es ein Zufall, dass wir uns damals in der Schanze begegnet sind oder hast es dir zurecht berechnet?"

„Würdest du mir die Antwort denn glauben?", frage ich.

„Nein", sagt sie und geht.
Die Tür fällt ins Schloss und ich bin wie
gelähmt. Die Situation ist milde gesagt aus dem
Ruder gelaufen. Aus der Küche zieht der
Geruch von angebranntem Gemüse.

Akte Nr. 70346 Eidelstätter: Niedermaier

Name: Samira Niedermaier

Alter: 17 Jahre bei Therapiebeginn

Therapiegrund: Traumata aufgrund eines Familiendramas im letzten Jahr

Sitzung 1: Fr. Niedermaier wuchs in Berlin–Charlottenburg auf. Sie hat eine Schwester und einen Bruder. Vor einem Jahr ermordete ihr Vater seine Tochter und Ehefrau (siehe beiliegender Zeitungsartikel). Der Bruder steht noch immer unter Schock, nachdem er sich kurzzeitig um Frau Niedermaier gekümmert hatte, verschwand er ein halbes Jahr später. Sein Aufenthaltsort ist unbekannt. Die Patientin wurde seitens des Polizeipsychologen Dr. Eckbert Willhelmson an mich verwiesen. Derzeit wohnt sie in einer betreuten Wohneinrichtung für traumatisierte Jugendliche.
Frau Niedermaier wirkt stark verängstigt und berichtet von immer wiederkehrenden Gedanken und Erinnerungen an eine Szene des Mordes. Sie leidet dabei unter Zittern und

starken Schweißausbrüchen. Es handelt sich um ein Bild von einem grünen Sessel, in dem ihre Mutter liegt und blutüberströmt ist. An alles andere kann sich nur schwer erinnern. Sie berichtet von einer Depersonalisation, in der sie sich selbst von oben sieht, wie sie in einer Ecke kauert und zuschaut, wie ihr Vater mit einem Messer auf die Mutter einsticht, die im Sessel sitzt und die Hände schützend über sich hebt.

Auf Rücksprache mit der Polizei wurde klar, dass Frau Niedermaier beim Eintreffen der Polizei im Bett gefunden wurde, wo sie sich neben ihrer Schwester versteckte, die bereits erstickt worden war. Es ist vorstellbar, wie stark ausgeprägt ihr Trauma ist.

Sitzung 2: Frau Niedermaier brachte mir heute Bilder ihrer Kindheit mit, die wir gemeinsam anschauten. Sie berichtete mir zudem, dass ihr Vater in einer schwierigen finanziellen Lage gewesen sei. Er hätte vor zwei Jahren seinen Arbeitsplatz als Chemielaborant verloren. Der Satz: „Wir sitzen auf einem dünnen Ast", hat sich tief in ihr Gedächtnis eingebrannt. Sie berichtet auch davon, dass ihr Vater den Verdacht gehabt habe, die älteste Tochter sei nicht sein leibliches Kind.

Sitzung 10: Frau Niedermaier wirkt heute sehr aufgebracht. Ihr Bruder habe sich gemeldet. Sie habe sich daraufhin ein neues Telefon gekauft und alle Bilder verbrannt. Auf die Frage, was sie so wütend mache, antwortete sie, dass ihr Bruder unehrlich sei, weil er sie im Stich gelassen habe.

Sitzung 15: Frau Niedermaier weigert sich heute erstmals, nochmal über den Tag des Mordes zu sprechen. Stattdessen redet sie unaufhörlich in einem Schwall von belanglosen Themen wie dem Wetter und ist kaum zur Ruhe zu bringen. Außerdem äußert Sie den Wunsch, nicht mehr an der systemischen Gruppentherapie teilzunehmen, da Sie wisse, wie ihr Vater ticke und nicht wieder in einem Rollenspiel in seine Rolle oder die ihrer Schwester schlüpfen wolle.

Nachtrag: Leider erfahre ich von der Wohngruppenleitung, dass Frau Niedermaier sich zunehmend dem Kontakt zu anderen verwehrt. Bei einer Verfestigung dieser und ihrer anderen Verhaltensweisen ist die Gefahr der Entwicklung einer Persönlichkeitsstörung nicht auszuschließen.

Therapiebeendigung am 17.02. aufgrund eines Therapieabbruchs seitens der Patientin. Während die Intrusionen und Symptome der posttraumatischen Belastungsstörung weitestgehend behandelt sind, lässt sich beobachten, wie die Patientin immer weiter in einer Parallelwelt abschweift und Verdrängung zwecks mangelnder alternativer Bewältigungsstrategien gebraucht. Auch die episodischen depressiven Phasen bestehen weiter fort. Frau Niedermaier gab an, nach Hamburg zu ziehen, dem Geburtsort ihres Vaters, und hat den Kontakt zur Familie vollständig abgebrochen. Versuche, die Patientin an einer Therapeutin im neuen Wohnort zu verweisen, scheiterten.

Familiendrama mit drei Toten in Charlottenburg

Berlin (dpa) Gestern Nacht ereignete sich in Berlin-Charlottenburg ein Familiendrama. Ein Nachbar betätigte den Notruf, nachdem er Schreie aus dem Haus gehört hatte. Ein Vater ermordete erst seine Tochter, anschließend seine Ehefrau und sich selbst. Eine weitere Tochter (16 Jahre) überlebte und befindet sich derzeit in psychologischer Betreuung. Die Polizei schließt weitere Mittäter aus. Der Familienvater war zuvor nicht polizeibekannt. Der älteste Sohn soll sich zum Zeitpunkt der Tat im Ausland befunden haben.
Die Ursache der Tat ist weiterhin unklar. Die Pressesprecherin der Polizeistelle Berlin-Charlottenburg gab allerdings bekannt, dass ein Eifersuchtsdrama oder eine Verzweiflungstat nicht auszuschließen sei, da die Familie sich in finanziellen Schwierigkeiten befunden hätte.
Nach weiteren Zeugen wird gesucht. Die Polizei bittet hierbei um Ihre Mithilfe. Falls Sie Angaben zum Tathergang oder zur Familie machen können, melden Sie sich bitte bei der untenstehenden Nummer.

16.10.2017 Wohnung in Ottensen, Dachgeschoss, 21 Uhr

Henry ist da und hält mich im Arm, während wir auf dem Sofa sitzen. Er ist der einzige Ort und Raum für mich, an dem ich richtig denken kann. Er bringt mich zur Ruhe und wenn ich spüre, wie er neben mir atmet, dann sind alle Schubladen in meinem Kopf wieder aufgeräumt. Er war es auch, der mir sagte, ich sei in allem etwas überambitioniert. In Freundschaften, in der Therapie und auch in der Liebe. Und er liebte mich trotz dieser Überambition. Doch worin war ich bei Sammy zu weit gegangen? Als Therapeutin oder als Freundin? Manchmal bin ich mir nicht sicher, ob ich diese beiden Teile von mir überhaupt trennen kann. Es war nicht ehrlich, ihre Akte anzufordern, vielleicht war es auch falsch. Möglicherweise war dort der Punkt, wo die Waage umschwenkte Richtung Psychologin, weg von der Freundin.
Ich hatte Sabine auf einer Konferenz in München getroffen und zufällig waren wir ins Gespräch gekommen und ich erzählte ihr von meiner neuen Bekanntschaft. Reiner Zufall, wir redeten über das Thema Mode und ich gab einen Bericht über Sammys Beruf zum Besten. Da griff ein Zahnrad ins andere. Ihre Akte hatte

ich erst angefordert, als sie sich eine Woche lang nicht gemeldet hatte. Das war nach der letzten Flaschenpost und als mir bewusst wurde, dass mehr hinter ihrem Verhalten steckte, als ich es zu ahnen vermochte. Vorher hatte ich nur gewusst, dass sie in Therapie gewesen war, aber Sabine hatte mir den Grund nicht genannt. Ich hatte es abgelehnt damals und konnte dann doch nicht widerstehen. Ich hatte mir Sorgen gemacht und ich bekam das Warum nicht aus dem Kopf. Und ich wusste auch, dass Sammy nicht mit mir drüber reden würde.

Was hätte ich auch wirklich fragen sollen? Erzählst du mir von deiner Kindheit? Warum stellst du dich blind? Warum bist du so allein? Warum bestellst du kein Schoko-Eis, wenn du es eigentlich lieber magst als Vanille? Ich hatte ihr zuerst nicht erzählt, dass ich Psychologin bin, weil ich es nicht für wichtig, später, weil ich es für riskant hielt. Denn je mehr ich spürte, dass etwas bei Sammy nicht im Gleichgewicht war, desto sicherer war ich, dass sie meinen Beruf als einen Angriff aus dem Rückhalt halten würde. Sammy wollte nicht therapiert werden, Sammy wollte auch nie kommentieren, weil sie die Verkörperung einer goldenen Regel ist. Wie du mir, so ich dir. Dränge mich nicht, dräng ich dich nicht, zu erzählen. Verhältst du dich nicht korrekt, tu ich dasselbe und schrei dich an. Ruf mich nicht an, ich ruf dich nicht an. Sie hatte jeden meiner Anrufe weggedrückt.

„Henry, was soll ich noch tun?"

Er streicht mir über das Haar.

„Erinnerst du dich noch daran, als du dein Handy verloren hattest und ich nach Dubai musste und dir nicht Bescheid geben konnte, weil du die Schublade mit den Briefen und dem Schreibpapier abgeschlossen hattest? Ich habe dir mit dem alten Rekorder eine Kassette aufgenommen und dir aufs Band gesprochen. Wenn Sie kein Handy hat und nicht ans Telefon geht und keine Briefe lesen kann, naja, und reinlassen wird sie dich wohl kaum, dann schick ihr doch eine Kassette."

Ich muss augenblicklich lächeln. Eine Kassette. Der Streit vibriert noch nach, all die Erklärungen fühlen sich viel zu wirr an und ihre Wut klebt noch wie frischer Putz an meiner Haut, aber ich werde versuchen, es ihr zu erklären. Mit einer Kassette.

Die ersten Versuche sind grausam. Ich weiß nicht, wo ich anfangen und wie ich weitermachen soll. Lange Ähms und Ehhs durchkreuzen meine Wortlandschaften.

Liebe Sammy, denke ich, wäre ich nur eine Therapeutin, dann würde ich mich an meine Kommunikationsstrategien halten und nicht stottern.

Dann nehme ich mir vor, es aufzuschreiben und abzulesen, um meine Gedanken ordnen zu können. Ich setze mich an meinen alten Schreibtisch, von dem der rote Lack an der Tischkante abblättert, und flehe den Kugelschreiber an, die richtigen Worte auf mein Papier zu zaubern. Henry steht in der Küche und kocht asiatisch. Der Geruch zieht bis zu mir und lenkt mich ab. Ich schließe also die Wohnzimmertür. Jetzt ist es still. Stille. Einsamkeit. Und die Gedanken fließen.

„Liebe Sammy,

ich könnte dir erzählen, was du hören willst. Dir sagen, dass unser Treffen damals tatsächlich kein Zufall war und dass ich dir zugehört habe, um psychologische Triebe zu stillen und meinen Helferinstinkt zu befriedigen.
Denkst du wirklich, dass du das hören möchtest? Ist da nicht die Hoffnung auf mehr? Oh, Sammy.
Du hast Recht, es war kein Zufall, dass ich dich angesprochen habe damals in der Sternschanze. Du hast mich fasziniert. Fasziniert, weil ich dich nicht lesen konnte. Es gibt nur einen anderen Menschen in meinem Leben, den ich nicht durchschaue und den ich nicht weitestgehend entschlüsseln konnte mit einem Blick in die

Augen. Und das ist mein Verlobter. Auch von ihm hast du durch den Anrufbeantworter erfahren, das war nie ein Thema für uns.

Die Augen des Menschen sind das Fenster zur Seele. Wusstest du, dass man an der Größe der Pupillen vorhersagen kann, wie attraktiv jemand wahrgenommen wird und wie sehr er sich kognitiv anstrengt und ab wann er aufgibt? Dass Ärzte nach Gehirn-OPs als Erstes in die Augen schauen, weil sie zeigen, ob im Gehirn Schwierigkeiten auftreten? Aber ich schweife ab.

Tatsache ist, dass ich in dir nie so lesen konnte, weil ich deine Augen noch nie gesehen habe. Aber du bist kein Ausstellungsobjekt für mich und fern davon ein Versuchskaninchen zu sein. Ich kann nicht abstreiten, dass deine Geheimnisse vielleicht dazu beigetragen haben, dass ich anfing, dich in mein Herz zu schließen. Aber wenn ich an unsere Gespräche denke, dann nie als Therapeutin, sondern als eine Freundin. Aber Freunde hintergehen einander nicht, nicht wahr? Das war mein Fehler. Ich hätte dich fragen müssen, ob ich mir deine Akte anschauen darf. Und du hättest vermutlich Nein gesagt. Und ich hätte nie tiefer in dich hineinblicken dürfen als bis zum Rande des Sees. Stille Wasser sind tief, ich glaube dieses Sprichwort habe ich erst seit dir verstanden. Seit dieser Akte habe ich ein Gefühl dafür, wie du bist und wer du bist. Und ich bin mir ziemlich sicher, dass du eigentlich das am schlimmsten findest. Du fühlst dich durchschaut und verletzlich. Als ob das so einfach wäre, Sammy. Diese Akte ist ein halbes Jahrzehnt alt. Sie erklärt mir vieles über dein Damals und einiges über dein Jetzt, aber eben nicht alles.

Ich wünschte, du würdest wieder darüber reden, was damals war. Oder hast du damit aufgehört, als deine Therapie abgebrochen war? Als die Zeit des Sehens in die Zeit des Hörens überging?

Was den Vorwurf angeht, ich hätte dir nichts von meinem Beruf erzählt, so muss ich auch sagen, dass du eben nie danach gefragt hast. Und ich posaune mein Berufsfeld ungern raus, weil es ändert, wie die Menschen sich mir gegenüber verhalten. Es hätte auch dich verändert. Alle werden ganz vorsichtig und haben Angst, so durchschaut zu werden wie du. Sie sind wie Rehe, die ins Fernlicht eines Autos laufen und geblendet stehen bleiben. Und damit haben sie wohl Recht, ich sehe viele Menschen direkt wie im Licht des Scheinwerfers und sehe alles, was ich sehen will. Wenn ich es so sage, klingt es ganz schön anmaßend, aber es ist wohl so, dass ich tatsächlich stets einen kleinen Schlüssel zur Seele meiner Mitmenschen bei mir habe. Damit erhöht sich wohl wieder deine Abscheu gegenüber Therapeuten, auch wenn du nicht wie all die anderen Rehe bist.

Sammy, ich sage dir nur eines und das als Freundin. Du denkst, du hast die Kiste verriegelt mit all den alten Geschichten über deine Familie, aber ich glaube, sie ist eigentlich noch offen. Du wärst anders, wenn die Kiste wirklich zu wäre.

Ach ja, und auch die Flaschenpost war nie erlogen, ich hoffe noch immer, dass wir ihren Absender finden. Wir zwei, gemeinsam.

Ich fasse also zusammen: Der Fehler, den ich begangen habe, lag im Schweigen und ich bitte dich um Vergebung. Vielleicht ist eine Kassette, auf der ich einen Brief ablese, nicht der Weg, auf dem man dies normalerweise tut, aber ich glaube, dass das Wort Normalität dir genauso fremd ist wie mir, wenn nicht sogar noch mehr."

Nach dem Lesen der Nachricht ist meine Stimme rau. Ich drücke auf den Stopknopf des alten Kassettenrekorders, den ich noch aus meinen Kindertagen habe und entnehme die Kassette. Sie ist jetzt kein leeres Stück Plastik mehr, sondern enthält ein paar Worte der Hoffnung. Ich werde sie morgen bei der Post abgeben. Absender: Eine Freundin, würde ich am liebsten draufschreiben, aber sie würde es ohnehin nicht lesen.

20.10.2017, Restaurant Happenpappen an der Feldstraße, zwischen Karoviertel und St.Pauli-Stadion, 14 Uhr

Ich bin auf der Spur der Flaschenpost. Auch wenn Sammy mir nicht geantwortet hat. Das Projekt weiterzuführen ist wie ein Streben nach Verzeihung und gibt mir das Gefühl, dass noch nicht alles vorbei ist bevor es überhaupt richtig angefangen hat.
Ich habe gestern eine weitere Kassette geschickt. Sie redet nicht mit mir. Trotzdem sitze ich hier vor meiner Buddha-Bowl auf den hohen Stühlen am Fenstertisch und schaue hinaus auf die dichtbefahrene Straße bei seichtem Nebel. Es nieselt und ich hoffe darauf, das Restaurant nicht mehr verlassen zu müssen, bis eines Tages wieder die Sonne durch die Wolken bricht.
Sie hat mir meinen Schal per Post zugeschickt. Ich habe keine Ahnung, wie sie das angestellt hat. Vielleicht hat jemand von der Blindenassistenz ihr geholfen. Aber das Signal ist klar: Es wird keine Gelegenheit mehr geben, den vergessenen Schal bei ihr abzuholen.
Sammy möchte mich nicht mehr sehen.
Also versuche ich an etwas festzuhalten, dass uns zuletzt verbunden hat. Ich bin dem Strömungsverlauf der Elbe auf der Spur.
Malte und ich kennen uns seit dem zweiten

Semester. Wir haben auf einer Studentenparty wild rumgeknutscht, im Tageslicht festgestellt, dass wir grundverschieden sind und die Schnittpunkte gerade mal für eine Freundschaft reichen, und verstehen uns seitdem bestens. Nach der Uni sahen wir uns nur noch circa zwei Mal im Jahr. Er ging nach Kiel, ich nach Hamburg. Er kann sich verlieren in seiner Faszination für den Verlauf sämtlicher Flüsse und Kanäle, von denen ich noch nie gehört habe.

Ich muss ihn von der Seite anschmunzeln, während ich mit vollem Mund kaue. Er trägt ein dunkelblau-weiß gestreiftes T-Shirt und hat seine Haare so kurz geschnitten, dass seine Kopfhaut durchschimmert. Schwarze kleine Stacheln, nicht mehr die schönen Locken aus der Uni-Zeit. Seine braunen Augen leuchten, während er erzählt. Das Kinn ist glattrasiert wie ein Pfirsich, er scheint sich überhaupt vom Thema Haare eher verabschiedet zu haben. Früher sah man stets ein paar widerspenstige Brusthaare aus dem V-Ausschnitt hervorgucken. Jetzt wirkt er schnittig mit den schmalen Lippen und der spitzen Nase. Glatt wie ein Fisch im Wasser, dem Element, das er am meisten liebt.

Wir essen also und tauschen uns aus darüber, was passiert ist in den Gewässern Europas und vor allem in unserem Leben. Als wir uns dann über das Stück Torte beugen, dass wir stets teilen, seit wir mal zusammen diesen Film mit Julia Roberts gesehen haben, wo sie mit ihrem besten Freund, gespielt von Hugh Grant, stets den Kuchen bei jedem Ritual errät und teilt, lenke ich unser Schiffchen langsam Richtung Elbe.

„Kann ich dich bei etwas um Rat fragen?"

„Also doch kein grundloses Treffen. Wie kann ich dir helfen?"

„Erstmal könntest du dir die Kuchenkrümel von der Nase wischen, Malte. Das untergräbt leider deine Autorität ein wenig."

Er grinst und wischt sich die Überreste des Kuchens vom Nasenrücken. Als sein Ärmel ein Stück runterrutscht, schimmert ein schwarz gestochenes Tattoo auf der Unterseite seines Handgelenks. Ein wendiger Fisch, mit geschwungenen Flossen, der sich auf seiner Haut windet als ob die blasse Haut ein flaches Gewässer wäre.

„Also?", fragt er.

„Wäre es möglich, zu berechnen, wie ein Gegenstand sich im Wasser bewegt? Sprich, wenn ich den Startpunkt eines Landeguts nicht kenne, könnte ich dann anhand der Strömung ermitteln, wo das Landgut ins Wasser gegangen ist?"

Malte legt die Stirn nachdenklich in Falten.
„Von welchem Gewässer reden wir denn?
Fließgewässer oder stehendes Gewässer?
Tideabhängig? Tiefe?"
„Fließgewässer, soweit weiß ich noch. Aber der
Rest... Also wir reden von der Elbe."
Er lächelt selig.
„Ach ja, die gute alte Elbe. Wusstest du, dass
man die Überschwemmungen früher den
Elbgeistern zugesprochen hat? Aber ich will
nicht vom Thema abweichen. Die Elbe hat hier
im Flachland eine Geschwindigkeit von circa
drei Kilometern pro Stunde. Das ist allerdings
auch stark davon abhängig, wie hoch der
Wasserstand gerade liegt. Also nehmen wir an,
du wirfst ein Holzfass ins Wasser, dann
könnten wir berechnen, wie schnell es sich
fortbewegt. Um zu wissen, in welche Richtung
es sich bewegt, müssen wir aber die
Strömungsrichtung beachten. Es gibt
verschiedene Sogströme, die innerhalb des
Wassers wirken. Dadurch kann unser Fass dann
auch ans Ufer abtreiben und bewegt sich nicht
stetig geradeaus Richtung Meer. Für sowas gibt
es allerdings auch Computerprogramme.
Möchtest du Drogen über das Wasser
schmuggeln, meine Liebe? Ich glaube, da gibt es
einfachere Wege."
So komme ich nicht drumherum, etwas von der

Flaschenpost zu erzählen. Ich verpacke es allerdings etwas anders, ich lasse Sammy aus dem Spiel. Malte verspricht mir, sich das ganze mal im Programm anzuschauen. Alles, was er von mir braucht, sind Gewicht und Maße der Flaschen als Durchschnittswert und die Koordinaten des Ankunftsortes. Was er aus meinen Worten schließt, ist, dass ich mich um den Absender der Flaschenpost sorge, der zuweilen etwas lebensdüstere Texte zu Papier bringt und der Elbe zum Fraß vorwirft.

Es durchströmt mich mit freudiger Erwartung, dass ich vielleicht bald den Absender kenne. Vielleicht auch, weil es ein Grund ist, Sammy wieder zu kontaktieren. Ein Grund, der sie dazu bewegen könnte, ihr Schweigen zu brechen. Vor meinem geistigen Auge sehe ich ihre gespannte Körperhaltung, als sie vor der Landkarte sitzt und mit ihrem Finger entlang der Stecknadeln über die Elbe streicht. Gerader Rücken. Nach unten gezogene Schulterblätter. Grazil von Kopf bis Fuß. Ein ganz anderer Mensch als diese schreiende Frau in meiner Wohnung nach unserem Streit, sondern wieder ruhig. Ich sehe sie, wie sie ausstrahlt, dass es für sie mehr ist als nur eine Flasche mit einem Stück Papier drin. Und wie sie mich dann wegschickt, als die Flaschenpost ihr etwas zeigt, dass sie aus ihrem eigenen Leben kennt. Mein kleines Rotkehlchen.

Als wir uns zwei Stunden später verabschieden, den Schal um den Hals gewickelt im heranziehenden Wind, der von einem kühlen Abend kündet, hebt Malte meinen Arm. Er schiebt den Ärmel meines Mantels ein Stückchen zurück.

„Ich bin froh, dass du es noch hast", sagt er.

„Aber klar", murmel ich, „warum hätte ich es wegmachen lassen sollen? Aber du hast deins heimlich verändert, die doppelte Rückflosse ist neu."

Er zuckt mit den Schultern.

„So ist das Leben. Verändert sich nicht alles im Laufe der Zeit?"

Mit diesen Worten nimmt er mich in den Arm und küsst mich zum Abschied auf die linke Wange, knapp unterhalb meines Wangenknochens. Er läuft zum Bus Richtung Feldstraße. Ich hebe meine Hand zum Abschied und schaue auf die Stelle auf meinem Handgelenk.

Es ist mein einziges Tattoo. Wir haben uns unsere Berufung zwischen die Venen tätowiert, Malte und ich. Wenn ich die Hand zur Faust balle, ziehen die fein unter die Haut gestochenen Augenbrauen eine Falte. Zwei Augen ziehen sich zusammen, die feine Iris umrahmt die schwarze Pupille. Malte hat das Wesen des Wassers, ich das Fenster zur Seele.

25.10.2017, Café Max, Sternschanze, 13 Uhr

Ich liebe die altblaue Farbe an den Wandfließen und die Kunsttorten im Schaufenster. Meine Gedanken schweifen ab, während ich über eine Patientenakte gebeugt sitze, im Kakao rührend. Immer wenn ich so versunken bin, streiche ich mit dem Bleistift über meine Lippen. Es ist eine alte Angewohnheit von mir. Henry sagt, er glaubt, so würde ich Gedanken in den Stift hineinsaugen und zu Papier bringen anstatt sie auszusprechen. Vielleicht ist das so, ich weiß es nicht.

Was macht Sammy wohl gerade, frage ich mich. Ich habe mir gestern *La petite Bouillabaisse* auf Instagram angeschaut. Das Modelabel, bei dem sie arbeitet. Es gibt tatsächlich einige Fotos von ihr dort.

Eines gefällt mir besonders gut. Sie trägt darauf eine weite, karottenfarbene Leinenhose und darüber einen engen karminroten Rollkragenpullover und hat die Arme leicht angewinkelt über den Kopf gestreckt. Ihr Kinn ist angehoben, die knallroten Lippen leicht geöffnet, die Augen geschlossen wie immer. Es sieht aus, als ob sie Luft schnappen würde wie eine Ertrinkende, die versucht, sich mit den Armen über dem Wasser zu halten, und gleichzeitig wie ein Tanz schillernder

Tropenvögel im dichten Urwald.

Jemand berührt mich sanft an der Schulter und ich zucke dennoch erschrocken zusammen. Der Bleistift fällt leise polternd auf den Boden und rollt unter das Tischchen.

„Ich bin's nur", sagt Henry und streift meine Stirn mit seinen Lippen.

Er bückt sich und hebt den Stift wieder auf. Es ist schön, ihn zu sehen. Wir treffen uns manchmal mittags im Café, wenn wir uns beide eine längere Mittagspause genehmigen können. Es ist das Café, in dem wir uns das erste Mal zusammen verabredet haben. Ich kriege heute noch manchmal eine Gänsehaut, wenn ich daran denke, wie er mich das erste Mal angeschaut hat. Wie tiefgründig und undurchschaubar sein Blick war, wie rätselhaft seine Augen.

Er setzt sich und ich klappe die Akte zu und stecke sie in meine Handtasche. Vintage, altrosé.

„Schwerer Fall?", fragt er und ich nicke. Ich muss ein Gutachten schreiben und entscheiden ob ich eine Empfehlung für eine lebenslange Sicherheitsverwahrung abgebe. Der Mann, über dessen Leben ich mitentscheide, ist erst 25 Jahre alt. Vielleicht wird er nie wieder frei durch die Straßen laufen. Ich habe Checklisten für diese Fälle, anhand derer ich versuche, möglichst objektiv zu entscheiden. Ich habe Statistiken, die mir zeigen, wie der Verlauf bei ähnlichen Fällen aussieht, anhand derer ich Basisraten vergleiche. Die Listen schicken ihn in Sicherheitsverwahrung, mein Gefühl sagt etwas anderes. Sollte er nochmal auffällig werden, lässt es sich jedoch schlecht mit einer Intuition argumentieren. Was bin ich bereit zu tun für diesen Menschen, der so Grausames getan und zuvor selbst so viel Grausames erfahren hat? Aber ich schließe diese Schublade in meinem Kopf. Ich bin jetzt hier, sage ich mir. Nicht bei meinem Gutachten. Hier im Café mit Henry.

„Erzähl mir lieber was von dir", sage ich.

„Malte hat mich angerufen, dein Handy war aus. Er sagt, er hat die ungefähren Koordinaten."

Ein Schuss Adrenalin und Dopamin schießt durch meinen Körper. Die Flaschenpost. Wie oft habe ich mich in den letzten Tag gefragt, wer wohl dahinterstecken könnte. Jetzt muss ich nur noch zur richtigen Zeit am richtigen Ort sein. Ich hoffe, Henry kommt mit. Oder sind zwei Leute auf einmal zu einschüchternd? Die Situation muss seltsam sein für den Absender der Flaschenpost. Oder für die Absenderin. Die Kalligraphie spricht allerdings eher für eine männliche Person mittleren Alters. Ich habe sie mir mal genauer angeschaut. Meine

Fortbildung in Kalligraphie bei der Polizeiakademie war wieder einmal wertvoll. Insofern sie sich bestätigt natürlich. Aber an dem Winkel einiger Buchstaben lässt sich tatsächlich viel ablesen. Bei der Flaschenpost ist der erste Buchstabe immer etwas größer geschrieben, der linke Strich des Buchstaben spreizt sich stets gerade nach links ab, wie mit einem Lineal gezeichnet, und macht dann eine kleine Kerbung zur Innenseite des Buchstabens. Der Verfasser schreibt wie in Cambria, einem Texttyp in Word. Vermutlich ist er mit einem Computer aufgewachsen oder hat zumindest in der Jugend damit gearbeitet. Daher die Alterseinschätzung, die Person muss nach den 80ern geboren sein.

Ansonsten weiß ich nur, dass mich ein Mensch erwartet, der viele Lasten auf seinem Herzen trägt, das sagen mir die Worte, die dort geschrieben stehen. Bald weiß ich, wer du bist. Aber vielleicht möchtest du das auch gar nicht, Unbekannter.

Henry meint, jemand, der auf diese Art und Weise nach Hilfe ruft, hat irgendwo tief in sich das Bedürfnis, sich zu öffnen.

Als ich ihn kennengelernt habe, hat er viele Dinge zum ersten Mal ausgesprochen, die vorher tief in ihm versteckt und verborgen waren. Henry´s Ventil war der Poetry Slam.

Vielleicht ist es für jemand anderen das Schreiben einer Flaschenpost. Gedanken, die man loslassen will, brauchen irgendeinen Weg, um zu entfliehen, sei er noch so klein.
Jetzt heißt es also warten, auf den letzten Samstag im Monat.

28.10.2017, Koordinatenfeld am Frachthafen, 7 Uhr in aller Herrgotts Frühe

Wir stehen vor alten, bunt verblichenen Containern. Henry hält meine Hand in seiner Manteltasche ganz fest. Der Wind pfeift durch die Luft und reißt meine Haare aus dem Zopf, sodass die blond-roten Strähnen vor meinem Gesicht wirbeln und wild tanzen. Wir stehen dicht nebeneinander wie zwei Brückenpfeiler. Es ist kalt und der Himmel grüßt nur mit grauen Wolken. Und es ist noch zu früh, als dass der Tag wirklich angebrochen wäre. Wir schauen alle paar Sekunden mal nach rechts, mal nach links. Irgendwo hier muss die Flaschenpost ins Wasser gehen. Malte hat uns ein mögliches Feld aus Koordinaten mitgegeben, der Startpunkt kann in einem Umkreis von 200 Metern sein. Die Sicht ist frei. Ein paar hundert Meter runter auf der linken Seite ist ein Parkplatz für die Hafenarbeiter. Immer wieder fahren Autos fort und neue nehmen die freien Plätze an, es ist Schichtwechsel.

Es fühlt sich an, als ob wir darauf warten, eine geheime Übergabe zu beobachten. Jemand wird die Elbe mit einer Flaschenpost beliefern.

Der Wind wird stärker, ein dunkelgrünes Frachtschiff kreuzt den Hafen. Ich schaue auf

meine Armbanduhr. 7:30 Uhr. Unser
berechnetes Zeitfenster liegt zwischen sieben
und acht Uhr. Henry muss spätestens um halb
neun zur Arbeit. Es muss bald soweit sein.
Weitere 15 Minuten verstreichen. Henry hat
Musik angemacht, wir hören zusammen seine
spotify playlist. Jeder hat einen Ohrstöpsel im
Ohr. Wir trauen uns nicht, zu sprechen, damit
wir nichts verpassen und mustern weiter die
Hafenkante. Es läuft *Younger Now*.
Plötzlich zieht Henry die Hand aus seiner
Manteltasche. Ich ziehe den Ohrstöpsel raus
und folge mit dem Blick seinem Arm bis zum
Zeigefinger und der imaginären Linie Richtung
Elbufer. Er zeigt Richtung Westen.
Es dauert einen Moment, bis ich es sehe. Eine
Frau ist an die Hafenkante getreten. Ist sie das?
Sie wühlt in ihrem Rucksack. Sie trägt hohe
Schuhe und eine Jacke mit Tigermuster. Ich
kann kaum atmen vor Spannung. Gleich wird
sie die Flaschenpost rausholen. Jetzt hat sie
tatsächlich etwas in er Hand. Sie schwingt den
Rucksack wieder über die Schulter. Aber
irgendwas stimmt nicht. Was macht sie da?
Eine Welle der Enttäuschung überrollt mich. Sie
hat nur Zigaretten rausgeholt. Das Feuerzeug
flammt auf und sie geht weiter, die
Rauchwolken steigen kaum auf, der Wind
nimmt sie direkt mit fort. „Scheiße", sagt Henry

und zieht mich plötzlich zur Seite.
Ich drehe mich um und sehe, wie ein Mann
etwas ins Wasser wirft und in sein Auto steigt.
Eine grüne Weinflasche fliegt durch die Luft.
Das Wasser spritzt auf und schäumt, als sie
eintaucht und sofort wieder hochsteigt. Die
Luftmoleküle in der Flasche sind leichter als das
Wasser und retten sie vor dem Untergehen. Die
Rückleuchten blenden auf, die Bremsleuchten
gehen aus. Wir fangen an zu laufen. Die Reifen
drehen durch und der alte Mercedes fährt in die
entgegengesetzte Richtung davon. Schwer
atmend bleiben Henry und ich stehen.
„Hast du das Kennzeichen gesehen?", fragt er.
Ich schüttle den Kopf. Das einzige, was ich
gesehen habe, war ein Mann mit einer
Schirmmütze. Hafenarbeiterschuhe. Breite
Schultern. Ich verfluche die Raucherin dafür,
dass sie uns abgelenkt hat. Auch wenn sie
eigentlich nichts dafür kann. Ich versuche,
meine Gedanken zu ordnen. Der Mann ist in
einem alten Mercedes davongefahren. Henry
meint, es sei ein Mercedes Benz 230 TE. Er hatte
sein Auto am Randparkplatz zum Wasser hin
abgestellt. Vielleicht hatte er Schichtende?
Mann, denke ich, das gibt´s einfach nicht.
Dieser kurze Augenblick, dieses Scheitern
knapp vor dem Ziel, fühlt sich an, als würde
einem ein Schlüssel in den Gulli fallen, den man

gerade erst in die Hand gedrückt bekommen hat. Ich gehe trotzdem noch zur Hafenkante, werfe einen Blick auf die Flasche. Das Wasser liegt zu tief, um sie zu greifen.

„Wir sehen uns in ein paar Stunden auf der anderen Seite", murmele ich.

Die Mission ist jedenfalls gescheitert. Vorerst. Danach setze ich Henry mit meinem Wagen bei seiner Firma ab, er hat Wochenendschicht. Wir machen uns die verrücktesten Gedanken, wie man herausfinden könnte, wer dieser Mann ist. Dieser Typ, der seine Gedanken in die Elbe wirft und vermutlich gar nicht ahnt, dass ich sie Monat für Monat lese und dass Sammy und ich sie kennen. Henry kennt sie nicht. Henry sagt nur augenzwinkernd, dass das eine Geschichte zwischen mir und dem Absender ist.

Man könnte die Flasche auf DNA untersuchen, wenn die Elbe nicht alle Spuren verwischt hat. Vielleicht sind Fingerabdrücke auf dem Papier.

„Oder er spuckt zum Abschied immer einmal in die Flasche", witzelt Henry.

Oder wir hacken die Supermarktinterna und finden raus, wer jeden Monat eine Weinflasche kauft. Dann darf er allerdings nebenher keinen anderen Wein trinken. Ärgerlich. Oder wir erstellen eine Liste aller Hafenarbeiter zwischen 20 und 40 Jahren.

„Du vergisst den Datenschutz, mein Schatz",

sagt Henry.

Spielverderber.

Die deprimierende Antwort lautet: Wir müssen wieder einen Monat auf die nächste Chance warten. Henry schlägt die Autotür auf der Beifahrerseite zu.

Ich soll mich nicht ärgern, meint er. Weil alles im Leben einen Sinn ergibt. Wenn auch meist erst im Nachhinein. Und heute, heute sollte es einfach nicht sein.

Als ich zu Hause ankomme, schaue ich zuerst in den Briefkasten. Es ist immer dasselbe Ritual. Briefkasten kontrollieren. Leise Hoffnung, während ich das Fach aufschließe. Und leise geht die Hoffnung wieder hinfort. Dann in der Wohnung der Anrufbeantworter. Keine Nachrichten. Zur Sicherheit nochmal das Handy. Aber es ist keine Nachricht von Sammy da. Sammy schweigt und ist ebenso wenig greifbar wie der Flaschenpostmann.

Ich schalte das Radio ein. Es ist ein Oldtimer aus Ebenholz und mit rot lackiertem Bauch. Es surrt beim Anstellen wie ein zufrieden schnurrender alter Kater. Die Nachrichten laufen. Schulz will die Fehler der SPD aufarbeiten, das Wetter in Deutschland soll stürmisch werden. Gleich werde ich spazieren gehen. Eine Flaschenpost wartet auf mich. Oder warte ich auf die Flaschenpost?

15.11.2017 19 Uhr, ein Briefkasten in einem Wohnkomplex in Ottensen, Hamburg, Uhrzeit aufgrund funktionsuntüchtiger Armbanduhr ungewiss

Ich habe Sammy wieder eine Kassette geschickt.

„Sammy, wie geht es dir? Ich dachte, ich lese dir vielleicht wieder die Flaschenpost vor. Ich weiß jetzt, dass es ein Mann ist, der sie abgeschickt hat und vermutlich beim Hafen arbeitet. Aber er ist mir knapp entwischt, ich war zu langsam. Ich werde es diesen Monat nochmal versuchen. Ich will mir keine Illusionen machen, aber vielleicht möchtest du ja dieses Mal mit? Ich frage mich, ob du diese Kassetten überhaupt abhörst oder sie direkt im Mülleimer versenkst. Naja, also dann… hier der Text:

Was bedeutet es, ein Mensch zu sein und was bedeutet Menschlichkeit? Ein Mensch sein heißt, dass rotes Blut durch unsere Adern fließt. Dass wir Knochen haben und Muskeln. Dass wir Sehnen haben und Beute reißen wie Raubtiere. Nur dass wir verurteilen für das Blut, das fließt, wenn wir Tod in die Welt hinausschicken.
Unsere Art hat einen Sinn für Ästhetik und für Gemeinschaft. Wir sind fasziniert von den Abgründen, die das Böse uns bietet. Wir sehnen uns

nach Schönheit und Frieden und im selben Atemzug
verabscheuen wir die Langeweile, in die es uns hüllt.
Wir definieren uns über ein Miteinander. Menschen
bilden Gefäße aus Scherben, die immer wieder
auseinanderstieben und einander mit scharfen
Kanten begegnen. Und wir sagen, dass der Schmerz
uns zusammenführt, wenn Glas mit Glas
verschmilzt. Bis das Glas wieder zerspringt.
Der Mensch sucht Schönheit in Kunst, Musik und
Essen. Er sucht Schönheit in Geld und Sex.
Er ist nichts anderes als seine Triebe, aus denen
Blätter sprießen, die wir Kultur nennen. Und
zwischen ihnen knüpft der Fischer ein Netz aus
Menschlichkeit. Aus Liebe. Menschlichkeit
unterscheidet uns von den anderen Lebewesen und
wir sind so stolz darauf, sie zu besitzen. Wir besitzen
die Liebe und den Hass. Wo Tiere und Pflanzen um
die Ressourcen kämpfen, da ist kein Hass. Wo sie
sich paaren, ist keine Liebe. Überall nur Trieb.
Und so brüskieren wir uns mit dem Hass. Wir
hängen uns Medaillen um für die Liebe, die wir
geben. Mörder, die mordeten aus Hass, aus
Abwesenheit von Liebe, wie können wir sagen, sie
seien Opfer ihrer Triebe? Wo es doch nur die
Schattenseite der Menschlichkeit war, das Fehlen
von Liebe? Aber dennoch: Menschlichkeit.
Mensch sein heißt, die hinter Gitter zu sperren, die
Menschlichkeit verkörpern. Wir wollen menschlich
sein in einer Welt frei von Mördern.

Ich glaube, niemand außer dir und mir hat es verstanden, dass wir mehr Mensch werden, je tiefer wir in den Abgrund schauen."

Ich schiebe die Kassette in den Briefumschlag und drücke die klebrigen Verschlussränder zu. Henry kann ihn morgen früh auf dem Weg zur Arbeit zur Post bringen. Als ich den Text vorgelesen habe, ist er mir wieder in Fleisch und Blut übergegangen. Er liegt schwer auf der Seele und die Grenze zwischen Bitterkeit und Wahrheit, die zwischen den Worten verläuft, ist fließend.

So setze ich mich in meinen Nachdenksessel aus den 50er Jahren. Gehüllt in eine dünne, graue Strickjacke aus Alpaka-Wolle, die ich noch aus meiner Studienzeit habe. Im Rekorder liegt eine CD von Dean Evans. Instrumentalmusik erfüllt den Raum und ich denke über den Sinn des Lebens nach. Über Sammy und den Unbekannten mit der Flaschenpost.

Ich ahne noch nicht, dass mich zwei Tage später eine Nachricht erreichen wird, die mich bis zum Rand mit Hoffnung füllt. Henry wird zur Wohnungstür hereinkommen und einen ockerfarbenen DIN A 4 -Umschlag ohne Absender in der Luft halten. Auf dem rechten unteren Rand wird ein kleines Viereck kleben, auf den mein Name gedruckt ist.

Ich werde die Kassette darin mehr als ein dutzend Mal im alten Kassettenrekorder abspielen, um sicher zu gehen, dass es wirklich Sammy´s Stimme ist, die aus dem Band zu mir spricht. Sie ist etwas rau und verhalten. Es wird nicht mehr als ein einziger Satz darauf sein. Die Aufnahme dauert nur 5 Sekunden.

„Sag Bescheid, wenn du den Absender der Flaschenpost gefunden hast."

25.11.2017, Parkplatz am Frachthafen, Hamburg, 7 Uhr in der Früh

Ich weiß nicht, ob es die Worte der Flaschenpost waren oder mein beständiges Schicken von immer neuen Kassetten, das Sammy dazu bewegt hat, sich zu melden. In meinem Kopf laufen so viele Szenarien ab, wie wir uns wieder versöhnen und wie wieder Ruhe in mich einkehrt, wenn alle Missverständnisse, alle Wut, beseitigt werden.

Diesmal stehe ich alleine hier, denn Henry liegt mit einer Erkältung im Bett zwischen schmutzigen Taschentüchern und zwei Wärmflaschen. Und nach Sammy´s Nachricht gibt es so viel mehr Gründe für mich hier zu sein. Denn ich werde das Gefühl nicht los, dass diese Texte eine Art Schlüssel zu ihr sind.

Sie hat so viel Leid erfahren. Ihr Vater war ein Mörder, ihre Familie ist tot, ihr Bruder fort. Sie lebt in einem Schneckenhaus und sie hat mir verboten, es zu öffnen.

Und trotzdem ist ihr Schicksal fast gütig, sie ist klinisch gesehen ein psychisch gesunder Mensch. Alles was sie tut ist, dass sie aufgehört hat, ihre Augen zu öffnen. Was für Stürme müssen tief in ihr wüten, die sie auf diese Art in sich verwahrt?

Ich schaue auf und ab zwischen den Autos. Das Wasser der Elbe liegt heute ruhig, es weht nur eine leichte Brise. Die ersten Sonnenstrahlen wandern über den Beton und leuchten die Container von hinten an, sodass ihre Vorderseite in düsterem Schatten liegt. Heute werde ich mich nicht ablenken lassen. Als der Mann um viertel vor acht den Kai entlang schlendert, habe ich keine Zweifel. Ich weiß, dass er es ist. Meine Muskeln verhärten sich, ich bin gespannt wie eine Feder kurz vor dem Springen. Diesmal bleibt er ruhig stehen, er holt die Flaschenpost aus der Innentasche seiner weiten Arbeitsjacke. Er steht nur einige Meter von mir entfernt, maximal 20. Ich höre fast, wie er atmet. Es wundert mich, dass er sich kein einziges Mal verstohlen umschaut. Vielleicht ist dieser Akt so natürlich für ihn, dass es ihn nicht schert, wenn ihn jemand sieht. Vielleicht sind ihm aber auch nur alle um ihn herum gleichgültig.

Ich gehe langsam auf ihn zu, meine Hände sind ein wenig schwitzig. Hinter mir redet eine Frau laut auf Türkisch in ihr Smartphone. Zwei Autos hupen. Jemand hat einem anderen Fahrer die Vorfahrt genommen. Doch er steht dort, völlig unberührt, wie losgelöst von dieser Welt und blickt auf die Flaschenpost, als wolle er Abschied von ihr nehmen. Vorsichtig trete ich hinter ihn und hoffe darauf, ihn nicht zu erschrecken.

Vor uns liegt die Elbe. Das braun-blaue Wasser strömt auf die Wand zu, bricht an der Kaimauer, gebremst in seinem natürlichen Fluss. Er und ich schauen hinab. Das Wasser steht tief.

„Niemand außer dir und mir hat es verstanden, dass wir mehr Mensch werden, je tiefer wir in den Abgrund schauen", sage ich.

Die Flasche fällt ins Wasser. Aber er zuckt nicht zusammen, er dreht sich nicht um.

„Und deshalb müssen wir erst tot sein, denn die Engel führen uns fort vom Abgrund, nach dem wir uns so verzehren. Den Satz wollte ich zuerst noch hinzufügen. Aber ich habe ihn wieder gestrichen. Zu sakral."

Seine Stimme ist wie ein Erdbeben. Gewaltig und durchdringend.

Und dann dreht er sich um. Ich sehe seine Augen und es passiert das, was mir immer passiert.

Für ein paar Millisekunden verlangsamt sich die Zeit und die Zeiger bleiben stehen. Seine Pupillen sind geweitet. Die Iris ist glasklar. Ein kühles, helles Blau wie Eis kurz bevor es schmilzt. Kleine hellgrüne Punkte sprenkeln sich um den schwarzen Rand dieser Iris wie Tropfen voller Hoffnung. Seine Augen sind gefüllt mit altem Schmerz, der einer Kälte gewichen ist, die nur Menschen sich aneignen, die sich vor zu viel Licht und Wärme fürchten. Sie erzählen die Geschichte von jemandem, der sich nach Freiheit sehnt wie andere sich nach der Luft zum Atmen. Jemand, der immer hinter dem Horizont ein besseres Leben ersehnt und seine Wurzeln längst verloren hat. Und diese Augen sprechen von Klugheit und jemandem, der einen großen Palast aus seinen Gedanken erbaut hat und ringt zwischen einer Welt des Geistes und einer Welt, die man greifen und anfassen kann.

Die Zeiger laufen weiter, die Zeit beginnt wieder zu verrinnen. Aber eins ist anders. Vor mir liegt jetzt ein Teil seiner Seele und ich schäme mich ein bisschen dafür, dass ich sie so ungefragt seziert habe. „Woher kennst du meine Flaschenpost?", fragt er und entblößt zwei große Schneidezähne.

Sein rothaariger Schnurrbart ist mit Wichse gezwirbelt, der Bart eines alten Soldaten aus Bismarcks Zeiten im Gesicht eines jungen Mannes. Er legt den Kopf schief und mustert mich, wobei ihm eine orange-rote Strähne aus der blauen Baseball-Cappy rutscht.

„Die Elbe hat sie mir gebracht", sage ich und er lächelt.

„Das Wasser geht seine ganz eigenen Wege",

sagt er.

Er ist kein gewöhnlicher Mensch, er fragt nicht nach dem Wie und Warum. Das mag ich. Aber ich, einfältiger Homo Sapiens, kann nicht anders, ich frage ihn nach seinem Namen. Er muss lange überlegen.

„Nenn mich Nobody", sagt er, „so nannten sie einen Jungen in einer Geschichte, der ein Niemand war. Und niemand fürchtet sich vor einem Niemand."

Ich nicke und schlage Nobody vor, dass wir uns irgendwo hinsetzen. Er winkt mich zu seinem Auto, ich bin kurz skeptisch, aber eigentlich weiß ich, dass er nicht gefährlich ist. Wir setzen uns in seinen alten Benz.

Auf dem Rücksitz liegen eine leere McDonalds-Tüte und eine offene Sporttasche. Er greift an einen Hebel neben dem Fahrersitz und schiebt sich nach hinten, weg vom Lenkrad. Weil ich glaube, dass es besser ist, mit offenen Karten zu spielen, erzähle ich ihm davon, wie ich jeden Monat seine Flaschen eingesammelt habe und streue hier und da Gedanken ein, die ich mir zu seinen Texten gemacht habe. Nobody nickt und hört mir zu. Während ich spreche, schiebt er eine CD ins Laufwerk, um die seltsame Stimmung aus dem Auto zu vertreiben. Uns ist noch zu bewusst, dass wir zwei verrückte Fremde sind, die nebeneinander hocken und

Gespräche führen, obwohl sie sich erst eine halbe Stunde kennen.

Meine Worte sind behutsam gewählt, denn ich weiß, dass die Flaschenpost nicht an mich geschickt wurde, damit ich sie lese, sondern dass er sie um seiner selbst willen in den Fluss geworfen hat.

Je mehr ich erzähle, desto mehr zeichnet sich Staunen auf seinem Gesicht ab. Es versteckt sich zwischen hochgezogenen Augenbrauen und einer kleinen Falte über der Nase. Und mir wird klar, wie wenig er damit gerechnet hat, dass jemand seine Flaschenpost wirklich liest. Und schon gar nicht, dass ein- und dieselbe Person so viele davon gelesen hat.

Doch es erschüttert ihn nicht. Es braucht größere Ereignisse als dieses hier, um ihn zu erschüttern, er ist ein rätselhaft gleichgültiger Mann. Erst als ich mit einem kleinen Lächeln aufhöre, zu reden (meine Erzählung ist am heutigen Tag angekommen), nehme ich wahr, dass *Two Door Cinema Club* leise aus den Lautsprechern kommt. Er hat sich mit dem Rücken gegen die Scheibe geschoben, um mich besser im Blick zu haben. Erwartungsvoll blicke ich in seine Richtung und er schweigt.

Ich bleibe ruhig sitzen und warte, auch wenn ich nicht weiß, auf was.

Erzähl mir von dir, ruft es in mir, erzähl mir

Dinge, die ich noch nicht von dir weiß!

Es knistert, als er seine dunkelblaue Hafenarbeiterjacke auszieht, die übersät ist mit Ölflecken. Es ist ein wenig umständlich in dem kleinen Sitzraum. Mein Atem setzt kurz aus, als ich seine Arme sehe. Ein buntes Bild fließt ins nächste über, seine Haut ist voller Geschichten. Die sommersprossigen Arme zieren dutzende kleinere und größere Tattoos. Dazwischen kleine, freie Stellen wie Atempausen zwischen den Malereien. Ich rücke erstaunt näher, um sie zu betrachten. Er streckt mir einen Arm entgegen und ich erkenne einige Dinge wieder. Da ist die große Weide aus dem Text über das ewige Theater und auf dem Oberarm kurz unter der Schulter schwebt unfassbar detailliert festgehalten eine Schwalbe. Der rechte Flügel ist unter dem T-Shirt-Ärmel versteckt. Er merkt, dass mein Blick an ihr hängen bleibt.

„Wenn ich irgendein Tier sein könnte, dann wäre ich eine Schwalbe. Sie sind erstaunlich schnell und elegant und bauen ihre Nester in den Spalt zwischen zwei Wänden, um sich nicht für eine festlegen zu müssen. Sie thronen in den Ställen über Bauern und Kühen und spotten dem, was unter ihnen passiert. Und sie sind so wendig, dass es ein Ding der Unmöglichkeit ist, sie einzufangen."

„Dann bist du also die Schwalbe in der Erzählung über die Vögel? Und wer sind die anderen?"

Er lächelt und übergeht das Thema. Er muss auch gar nicht antworten. Mir ist klar, dass sie eine Metapher für seine Familie ist, auch wenn ich nicht weiß, wer wer ist.

„Ich schreibe die Flaschenpost seit zwei Jahren", beginnt er zu erzählen, „zuerst habe ich Tagebuch geschrieben, aber es hat mich deprimiert, wenn ich all den Ballast von gestern wiedersehe, sobald ich das Notizbuch öffne. Also trenne ich die Seiten raus und stecke sie in eine Flasche. Diese Stelle hier ist perfekt, um sie loszuwerden. Am Ende des Monats gehe ich nach der Arbeit ans Wasser und die Elbe muss schlucken, was ich so fabriziere."

Während er erzählt, merke ich, wie nach und nach die Hemmschwellen fallen. Er wagt sich vor von einem Thema zum nächsten und ich stelle nur kurze Zwischenfragen, aber er ist es, der das Schiff in immer tiefere Gefilde lenkt. Nobody erzählt mir, dass seine Familie bei einem Unfall gestorben ist. Er betont das Wort ganz merkwürdig. Un – fall. Er hat noch eine Schwester, sein Rotkehlchen, aber er weiß nicht, wo sie lebt. Seit er 16 war, hat er bis zu seiner Volljährigkeit jeden Monat ein Kreuz in den Kalender gemacht. Endlich wegkönnen, endlich frei sein. Sein Leben ist ein Spiel aus Schatten und Licht. Der Schmerz ist ihm zu vertraut und er erzählt fast monoton, wie er in Neuseeland seine große Liebe kennengelernt hat. Wie er dann unverhofft Vater wurde und sein Sohn zu früh geboren wurde. Er starb noch im Krankenhaus.

Daraufhin die Trennung. Stella, die Frau, die er liebte, hat es nicht ertragen können.

Dann ein Jahr der Zurückgezogenheit in Schottland, wo er als Fischer gelebt hat und anfing, einen Schnurrbart zu tragen. Ein jähes Ende durch den Unfall. Das *Ereignis*, wie er es jetzt nennt.

Die Rückkehr nach Deutschland. Aber er konnte all diese Erinnerungen an seinen verhassten Ursprung nicht ertragen. Schnell fühlte er sich eingeengt und zog nach Hamburg. Hin- und her gerissen zwischen dem Wunsch, so viele Meilen wie möglich zwischen sich und die Gräber seiner Familie zu bringen und gleichzeitig seine Schwester zu unterstützen. Doch auch diese Verbindung zerbrach, die Fäden zu seinen Wurzeln sind jetzt durchtrennt. Er ist erleichtert und kann doch nicht anders als manchmal zurückzudenken. Und wenn diese Gedanken auf ihn einprügeln, dann schreibt er eine Flaschenpost und schickt sie fort.

Er war nur einmal am Familiengrab, erzählt er,

und nie wieder in Neuseeland. Aber Stella schreibt ihm manchmal. Manchmal antwortet er auch, nur kommen will er nicht. Sie ist jetzt in den Armen eines anderen. Am liebsten würde er sich von all dem lösen. Und dann, losgelöst von den Genen und Erinnerungen, die seine Familie ihm mitgegeben hat, und losgelöst von der Schwerkraft, wie eine Schwalbe davonfliegen. Aber er hat jetzt einen Job als Hafenarbeiter und macht eine Ausbildung. Und er mag das Wasser und die Schiffsarbeiter mit ihren Geschichten von rauer See. Vielleicht geht er irgendwann mal zur Marine, aber nach Amerika. Dort passt er hin, dort leben die eigentümlichsten Gestalten unter dem ungewöhnlichsten Präsidenten, der derzeit an der Macht ist.

Er hat auch mal ein paar Semester Philosophie belegt, aber er ist kein Akademiker. Er arbeitet lieber mit seinen Händen. Wir springen von einer Zeit in die nächste. Als er 15 war, ist sein Vater arbeitslos geworden, da ging es dann bergab. Sie mussten in ein kleines Fertigbauhaus aus den 70ern ziehen. Vielleicht sind es die Schadstoffe in den Wänden, die ihn verrückt gemacht haben. Denn der Vater fing an halbrohes Fleisch zu essen. Seitdem erträgt er Fleisch nur noch, wenn es so durchgebraten ist, dass es trocken wird. Es liegt Abscheu in seiner

Stimme, wenn er von seinem Vater redet. „Erzeuger", nennt er ihn einmal.

Er war mal Optimist, gleich nach seinem Auszug von zu Hause. Aber er wurde zu sehr vom Pech verfolgt, um ein wahrhaftiger Optimist sein zu können. Deshalb hat er es wieder aufgegeben und sieht das Leben so kalt, wie es ist. Weil wir dem Universum vollkommen egal sind, ist ihm das Universum ebenso egal. Und so lebt er in den Tag hinein, losgelöst von all dem Ballast alter Zeiten. Er fährt zum Hafen, geht mit seinen Kollegen in die Kneipe, schläft mit unbekannten Frauen und wartet, bis er den Schatten einer Welle über sich sieht. Dann bricht die Vergangenheit auf ihn nieder und er muss schreiben. Er hat sogar mal ein Manuskript verfasst, aber die Verlage haben es abgelehnt. Zu düster, zu viel Melancholie. Und so ist es bei der monatlichen Flaschenpost geblieben.

Ich bin mitten drin in seinem Leben, mein Kopf wird fast träge von all den Fäden, die er hierhin und dorthin zieht. Er zuckt mit dem Schultern und schaut an mir vorbei aus dem Fenster. Schwermut erfüllt das Auto. Nobody wirkt erschöpft. Er hat einiges ausgespart und doch sehe ich jetzt seinen Lebensweg vor mir. Ich weiß so viel über ihn und er weiß nichts von mir.

„The bird had flown", tönen die Beatles aus den Lautsprechern. Wir sind bei den Classic Hits gelandet. Mein Handy vibriert erneut in meiner Hosentasche. Zum fünften Mal während des Gesprächs. Da Nobody schweigt und in Gedanken versunken scheint, schaue ich auf das Display. Es ist Henry. Vermutlich macht er sich Sorgen. Ich sollte mich melden, nachdem ich den Absender der Flaschenpost gefunden habe. Und wir sitzen sicherlich schon seit drei Stunden im Auto. Deshalb sorge ich mich auch langsam fast ein bisschen um die Autobatterien, denn der Player und die Klimaanlage laufen non-stop.

Nobody schaut mich an und nickt mit dem Kopf Richtung Handy. Wie vertraut mir sein Gesicht schon ist, nur durch all die Momente seines Lebens, die er mit mir geteilt hat.

„Entschuldige", sage ich, „mein Verlobter hat schon mehrmals versucht, mich anzurufen. Ich glaube, ich muss gehen."

Ist das Verachtung, die dort in seinen Augen aufblitzt?

„Aber ich glaube es gibt da jemanden, den du kennenlernen solltest."

Also erzähle ich ihm von Sammy, kurz und ohne ihren Namen zu nennen. Nach unserem Streit bin ich vorsichtiger und ich weiß nicht, ob sie es wollen würde, dass ich anderen zu viel über sie erzähle.

„Du kannst gut zuhören", sagt er. „Und du fragst auf so eine Art, wie es die meisten Psychologen tun. Ich glaube, du hast mich überlistet. Du weißt jetzt viel mehr, als es meine Absicht war. Und du selbst bist ein leeres Blatt Papier geblieben. Nicht, dass dir das Wissen etwas nützen würde…".

Ich werde rot und gebe ihm meine Visitenkarte.

„Nicht für eine Sitzung, Nobody", stelle ich klar, „aber melde dich, wenn du wissen möchtest, wer sonst noch in der Elbe liest."

Er zieht einen Mundwinkel hoch. Ich glaube, es ist der Anfang eines Lächelns.

„Gut", sagt er, „es wird Zeit, meine Mitwisser kennenzulernen."

Leise öffne ich die quietschende Beifahrertür.

„Danke, dass du mir von dir erzählt hast, Nobody", sage ich zum Abschied.

Wir geben uns nicht die Hand.

„Nobody told you anything", sagt er in akzentfreiem Australien-Englisch, als ich die Autotür zuschlage.

Die Rücklichter sind kaum zu sehen, denn die Sonne steht bereits im Zenit. Mein Mund ist trocken und ich habe Durst. Das Schicksal spielt uns die verrücktesten Menschen mit den verrücktesten Geschichten in die Hände, denke

ich und halte meine Hände über den Kopf,
damit die Sonne mich nicht blendet.

30.11.2017, Restaurant *Petit fou* in Winterhude,
18:30 Uhr

Sie hat zugesagt. Sammy hat gesagt, dass sie
kommen wird und es wird das erste Mal seit
Wochen sein, dass ich sie wiedersehe. Sie wird
kommen mit einem Funken Glut, der von ihrer
Wut auf mich übriggeblieben ist und ich bin
eine halbe Stunde zu früh im Restaurant, um
mich mental auf das Kommende vorzubereiten.
Wir werden zu viert sein. Nobody, Sammy,
Henry und ich.

Als ich ihr die Kassette geschickt habe mit
der Flaschenpost und der Nachricht, dass der
Absender zu einem Treffen bereit sei, hat sie
sich erst zwei Tage Zeit gelassen und dann vier
Worte per Post zurückgeschickt: „Ich werde da
sein."
Das Hin- und Herschicken kleiner Nachrichten
erhebt uns fast in den Stand eines
Geheimnisdienstes. Das Restaurant liegt in
einer kleinen Seitengasse, die von der
Haupteinkaufsstraße abzweigt. Es liegen rot
karierte Tischdecken auf den eng aneinander
geschobenen Holztischen aus Buche und die
Wände sind mit dunklem Ebenholz überzogen.
Sie schlucken fast alles an Licht, dass die alten
französischen Wandlampen flimmernd in den
Raum hineinstrahlen. Ich bin gerne hier, weil es

an ein Restaurant in Nicolas Barreau´s *Das Lächeln der Frauen* erinnert. Dann ist es ein bisschen, als würde ich es schaffen, zwischen die Seiten des Romans zu schlüpfen und wenn nicht das, dann reicht es zumindest, um sich ein wenig wie in Paris zu fühlen. Henry hat diesen Ort als eine Art neutrales Gebiet vorgeschlagen. Ein unverfänglicher Ort, an dem man sich mit etwas Rotwein näherkommen kann. Schließlich mag Nobody Rotwein, der Flaschenpost nach zu urteilen, so Henry´s Mutmaßungen. Er ist gespannt auf unsere Gäste. Er kennt sie beide nur aus Erzählungen. Das heißt, nicht ganz. Von Sammy kennt er auch die Bilder auf instagram. Und ich hoffe, dass sie sich verstehen werden. Der Mann, der keinen Namen hat und die Frau ohne Augenlicht. Henry drückt meine Hand. Wir sitzen auf schmalen Stühlen ohne Rückenpolster nebeneinander.

„Ist er das?", fragt er, als jemand seine Nase gegen das grünliche Glas der kleinen Schaufensterscheibe drückt und in den Laden schaut.

Dieser Jemand ist niemand anderes als Nobody. Diesmal sieht man seine ganze Lockenpracht, die über den Augenbrauen tanzt. Ich winke ihm lächelnd zu und er winkt lächelnd zurück, als er uns erkennt.

Unsicher betritt er das *Petit fou*, die Hände in
den Hosentaschen, und schaut sich nervös
zwischen den Gästen um, die sich um die engen
Tischformationen scharen.

Er trägt eine geflickte Jeans und ein
tannengrünes Flanellhemd mit dünnen roten
Karostreifen. Seine weißen Sneakers sehen neu
aus. Mir kommt der Gedanke, dass er sie extra
für diese Verabredung gekauft hat, um nicht in
seinen Hafenarbeiterschuhen aufkreuzen zu
müssen.

„Hallo", sagt er und schüttelt Henry und mir
die Hand, weshalb wir uns kurz erheben.

Er zwirbelt an dem Ende seines Schnurrbartes.
Ich habe viel über ihn nachgedacht in den
letzten Tagen. Über seine Geschichte und
darüber, wer er ist und sein möchte. Und immer
wieder muss ich darüber staunen, wie natürlich
er es hingenommen hat, dass ich in sein Leben
getreten bin und all das gelesen habe, was so
tief in ihm drinsteckt. Schon wieder fragt er
nicht nach meinem Namen und auch nicht nach
Henry´s. Namen verleihen dir Macht über den
anderen, sie machen dich zu einer realen Person
und verknüpfen all die Informationen über dich
zu einem Charakter. Nobody möchte nicht, dass
wir Macht über ihn haben können, wenn wir
seinen ursprünglichen Namen kennen. Dass wir
ihn googeln können oder irgendwo

nachschlagen und dass wir ihn rufen können und dann er gemeint ist als Person mit allem, was zu ihm gehört. Als Nobody kann man die Vergangenheit leichter ausklammern. Nobody gehört keiner Zeit, keinem Eintrag im Bürgeramt, nur sich selbst. Und genauso fern steht es ihm, Macht über uns aus auszuüben. So sitzen wir also zusammen, drei Namenlose an einem Tisch.

Nobody zieht die Augenbrauen zusammen. Er schaut Henry tief in die Augen.

„Sag mal", murmelt er, „kenne ich dich nicht aus dem Fernsehen? Bist du nicht dieser Hockey-Spieler?"

Ich werde kurz ein wenig unruhig, denn ich weiß, wie unangenehm Henry diese Momente sind, in dem jemand sein altes Ich wiedererkennt. Ich spüre, wie er tief einatmet. Er lässt Druck ab, es reicht für ein schiefes Lächeln.

„War", sagt er und streckt sein rechtes Bein am Tischende vorbei in die Höhe.

Er zieht sein Hosenbein hoch und bewegt die silbernen Gelenke der Prothese, die an seinem Kniegelenk ansetzt.

„Wahnsinn", sagt Nobody. „Das war 2010, als King J vor dem Tor in dich reingegrätscht ist und deinen Fuß am Pfosten eingeklemmt hat. Du warst wochenlang in den Schlagzeilen, weil sie dein Bein amputieren mussten. Wir haben alle gezittert, als die Entzündung im Fuß dein Bein hochgewandert ist."

„Ich erinnere mich", grinst Henry.

Und das Eis ist gebrochen. Sie vertiefen sich in Gespräche und Fachsimpelei über den Sport und ich bitte die Kellnerin mit einem Blick zur Uhr, noch ein wenig mit unserer Bestellung zu warten. Sie hat einen nordfranzösischen Akzent. Sie mag es nicht, wenn Gäste in ihrem Restaurant sitzen und sich weigern, etwas zu bestellen. Und ich mag es nicht, zu bestellen, bevor nicht alle vollzählig sind. Und vorerst habe ich gesiegt.

Komisch, denke ich, dass unser Phantom hier einfach sitzt mit seinem Holzfällerhemd und über Hockey redet. Oft haben Sammy und ich darüber gerätselt, wie er ist. Groß? Klein? Verbittert? Böse? Und immer sind wir uns nur einig geworden, dass er traurig ist. Und so wenig Traurigkeit ist in ihm, wenn er zurückgelehnt auf dem Stuhl sitzt und mit seinen Armen einen Schlag nachahmt, der einen imaginären Puck durch das Restaurant pfeffert. Und dann betritt Sammy das *Petit fou*. Sie ist ein Blickfang. Wie die Muse eines Künstlers schreitet sie in einem knöchellangen hellroten Kleid durch die quietschende Angeltür. Kaum zu glauben, dass sie nicht weiß, wie das, was sie trägt, die Augen einiger männlicher Gäste um sie herum bezaubert. Die Haare hat sie locker zurückgebunden. Sie trägt zwei unterschiedliche Socken, eine schwarz und eine hellblau in silbernen Sneakers.

Ich freue mich, sie zu sehen und gleichzeitig spüre ich durch den ganzen Raum, wie sie vorsichtig nach uns lauscht.

„Hier sind wir", rufe ich in freudiger Erwartung und schiebe meinen Stuhl zurück, um ihr entgegen zu kommen. Sie hält kurz inne und steht mitten im Raum zwischen all den Menschen wie der Stern über Bethlehem. Ich zwänge mich durch die Tische auf einen breiteren Mittelgang und berühre sie leicht am Oberarm, als ich vor ihr stehe.

„Schön, dass du gekommen bist. Du hast mir gefehlt", sage ich sanft zu ihr.

Sie drückt meine Hand zur Antwort und Erleichterung durchströmt mich.

„Soll ich dir beschreiben, wie Nobody aussieht oder reicht dir seine Stimme?", frage ich sie.

„Seine Stimme ist alles, was ich brauche. Du weißt doch, ich mache mir nichts aus Äußerlichkeiten. Wobei es toll wäre, ihn mal anzufassen und zu ertasten, welche Stoffe er trägt."

Sie lacht leise in sich hinein. Dann führe ich sie zum Tisch. Nach all dem Ballast, all den Mühen

und der Furcht ist sie wieder hier. Ich fühle
wieder Hoffnung auf ein Happy End. Nur ein
leichtes Unwohlsein in der Magengegend bleibt
zurück, welches ich dem Ballast vorangehender
Konflikte und der Aufregung zuschreibe.
Über unserem Tisch hängt eine kleine
Nachbildung von René Magritte. Es ist das Bild
einer Pfeife, unter der in verschlungenen
Lettern steht: *Ceci n´est pas une pipe* (auf deutsch:
Das hier ist keine Pfeife). Ich bedauere, dass
Sammy es nicht sehen kann. Und es ihr mit
Worten zu umschreiben, würde der Wirkung
nicht Genüge tun . Ich schiebe Sammy´s Stuhl
zurück und sie tastet sich vorsichtig an der
Lehne heran, bis sie erleichtert Platz nimmt.
Henry betrachtet sie interessiert und begrüßt sie
höflich. Ich nehme wieder Platz und schaue in
Nobody´s Richtung. Er schweigt und bloße
Überraschung durchzeichnet sein ganzes
Gesicht. Henry und ich schauen uns an.
„Das ist Sammy", sage ich in Nobody´s
Richtung und breche damit das Gesetz der
Namenlosigkeit. Meine Hoffnung ist, dass er
weniger eingeschüchtert ist und sie nicht mehr
anschaut wie eine Opfergöttin, wenn er ihren
Namen kennt. Er wirkt noch immer regelrecht
erschlagen. Ich habe Sammy´s Wirkung auf
Männer unterschätzt. Innerlich freue ich mich,
dass er die Augen gar nicht von ihr lassen kann

und doch wird sein Schweigen unangenehm.
Dann dreht er den Kopf in meine Richtung und
ich sehe einen düsteren Schatten, eine Front aus
Regenwolken, die seine Augen verschleiert.
All das Leuchten, das er ausgestrahlt hat, als er
vom Sport geredet hat, ist entwichen. Und ich
weiß es jetzt. Irgendetwas stimmt hier nicht.
Irgendetwas läuft gewaltig schief. Nur was?
Erinnert sie ihn an die Mutter seines Kindes?
Überfallen ihn düstere Gedanken an
gescheiterte Liebe, weil er eine attraktive Frau
sieht? Ist er erschrocken, dass sie nicht sehen
kann? Ich werde unruhig und rutsche auf
meinem Stuhl hin und her.
„Großer Gott", sagt Nobody und seine Stimme
grollt aus ihm heraus, als ob es ihn größte
Anstrengung kosten würde, sie zu benutzen.
Ich höre, wie etwas den Tisch runterfällt.
Sammy hat eine Gabel mit ihrem Arm den Tisch
runtergewischt. Sie sitzt stocksteif am Tisch, ihr
Körper ist zur Seite gelehnt, sie dreht sich von
der Stimme weg.
„Judas", sagt sie.
Auch ihre Stimme hört sich an wie ein
Donnergrollen. Erschrocken dreht Nobody
seinen Kopf zu ihr. Es ist mehr als
offensichtlich, dass es sein Name ist. Dass
Nobody nun Judas ist. Ich sehe es ihm an. Was
geht hier vor?

„Kennt ihr euch?", fragt Henry vorsichtig.
Und Sammy fängt an zu lachen, wie ich es noch
nie von ihr gehört habe. Es klingt düster und
hohl und ein bisschen panisch. Dann wird sie
ganz ruhig.
„Hast du das eingefädelt, Frau Psychologin?
Oder du, Judas? Wobei das doch eher
unwahrscheinlich ist. Deine Feigheit reicht nicht
aus für solche Schachzüge."
„Was eingefädelt?", frage ich verzweifelt und
schaue irritiert von einem zu anderen.
Sammy wirkt, als würde sie in einer anderen
Welt gefangen sein. Sie kratzt mit ihrem
Daumennagel über die Tischdecke. Vor und
zurück. Vor und zurück. Es ist, als würden wir
ihr alle nur bei ihren Selbstgesprächen zuhören.
„Dann war es also eine miese Fügung des
Schicksals, dass wir uns heute wiedersehen.
Und irgendwo da oben lacht Pluto sich über
diese Fügung krumm und schief. Ich hätte es
sofort merken müssen. Schon als du in der
Flaschenpost das Haus beschrieben hast und
die alte krumme Weide. Und als du über die
Schwalbe geschrieben hast und das
Rotkehlchen. Doch ich habe dem Zufall eine zu
große Bedeutung beigemessen."
Ihre Stimme wird lauter und lauter. Die
anderen Gäste drehen ihre Köpfe in ihre
Richtung oder schauen gezwungen in eine

andere Richtung. Und da fällt es mir wie Schuppen von den Augen. „Sammy…", flüstert er und das bringt das Fass zum Überlaufen. Sie steht auf und zehrt die Tischdecke mit einem Riesenlärm vom Tisch. Das Gläser zerbrechen klirrend am Boden.

„Wag es nicht, mich anzusprechen, Bruder", faucht sie und ich springe auf, um sie zu beruhigen. Doch sie fuchtelt wie eine Wahnsinnige mit ihren Händen in unsere Richtung. Ihr Bruder kauert hilflos auf dem Stuhl.

„Ich hatte so lange gehofft, dich wiederzusehen. Lass uns doch bitte in Ruhe reden", sagt er und rauft sich durch seine Haare.

Sie steht dort wie vom Blitz getroffen, um uns herum Totenstille. Ihre Stimme klirrt wie Eis.

„Du bist ein Verräter. Du bist ein Diener deines Namens, Judas. Du hattest deine Chance. Aber du bist nichts als ein feiger Verräter! Du hast mich im Stich gelassen."

Und dem Eis weicht ein Sturm aus tobendem Feuer. Ein Sturm, der viel stärker ist als der, den unser Streit damals aufgewirbelt hat. Und ihr Bruder fasst ins Auge des Sturms, streift ihr Bein und löst eine Explosion aus.

Sammy reißt ihre Augen auf. Mir bleibt die Luft weg. Es ist nur der Hauch einer Sekunde. Und ich bezweifle, dass sie etwas sieht. Sie ist geblendet. Aber ich sehe etwas. Ich sehe eine unfassbare Wut und es ist, als schaue ich in die Augen eines gequälten Tieres, das seine blutigen Pfoten nicht aus der Falle ziehen kann. Es sind Augen voll von unendlichem Schmerz. Ihre Iris ist blassgrün oder hellgrau, die Pupillen sind so stark geweitet, dass ich die Farbe kaum erkennen kann. Dann ist der Moment schon vorbei.

„Ich wollte dich nie wiedersehen, du Feigling. Daran hat sich nichts geändert. Ich verachte dich noch mehr als unseren Vater. Und was dich angeht…"

Ich schrecke auf, weil sie ihre Worte an mich zu richten scheint. Sie wendet den Kopf in die Richtung, in der sie mich vermutet.

„Du bringst mir nichts als Pech. Du bist wie eine Abgesandte des Unglücks, die mir Hässlichkeiten ins Gesicht spuckt. Das einzige, was man dir zu Gute halten kann, ist, dass du es ohne Absicht zu tun scheinst."

Es tut so unfassbar weh, wie sie das sagt. Ich habe so oft lernen müssen, meine Emotionen im Zaum zu halten. Aber ich bin als ich hier, nicht als Psychologin. Und Sammy ist nicht mein Fall. Und so gebe ich all den hinaufsteigenden Tränen eine Berechtigung. Ich wollte den Menschen und Sammy immer nur Glück bringen und Hoffnung. Und jetzt bin ich für sie

ein mieser Bote des Schicksals. Verschwommen
sehe ich, wie sie aus dem Restaurant rauscht.
Auf dem Weg nach draußen stößt sie gegen
Tische und Gäste, sie reißt eine Bouillabaisse
auf den Boden und verschwindet aus der Tür.
Ich sehe, wie sie in eins der Taxis steigt, die vor
dem *Petit fou* stehen. Nobody, oder Judas, ringt
nach Atem.

„Ich muss hier raus", flüstert er mehrmals und
taumelt Richtung Ausgang. Er ist wie
verwandelt. Sie hat ihm jegliche
Gleichgültigkeit genommen.

Henry steht plötzlich hinter mir.

„Du stehst unter Schock", flüstert er mir ins
Ohr. „Es ist vielleicht besser, wenn wir gehen,
bevor die anderen hier alle aufwachen."

Und ich, die sich stets für unerschütterlich hielt,
lasse mich wie ein kleines Kind aus dem
Restaurant führen.

Ich habe mich verbrannt. An Dingen, die mich
faszinierten. Wäre ich pünktlich zur S-Bahn
gegangen, hätte ich Sammy nie angesprochen.
Hätte ich Sammy nie angesprochen, wäre das
alles nicht passiert. Oder hätte ich die
Flaschenpost für mich behalten. Ohne
Flaschenpost hätten wir nicht ein zweites Mal
zusammengefunden. Und ohne Flaschenpost
wäre dieser Abend nicht geschehen.

Doch das Schicksal hat bereits entschieden. Es hat mich zu seinem Fadenzieher gemacht.

Die Kellnerin steht neben der Tür. Wütend blickt sie uns nach, weil wir all die Ordnung durcheinandergebracht haben, die eine normale Welt in einem normalen Restaurant uns vorgaukelt. „Ich wusste es", zischt sie. „Wenn Madame und Messieurs nichts bestellen ist das immer ein schlechtes Vorzeichen. Ich hätte sie alle direkt vor die Tür setzen sollen!"

Mit einem riesigen Poltern kracht die Nachbildung von Magritte herunter und einige Gäste schreien erschrocken auf. Nur der rostige Nagel ragt noch schief aus der Wand. *Ceci n´est pas une pipe.* Nichts ist, wie es scheint.

Henry führt mich zum Auto. Er redet sanft auf mich ein. Er singt sogar ein bisschen. Ich bekomme es kaum mit. An die Autofahrt kann ich mich später nicht mehr erinnern. Ich sitze nur auf dem Beifahrersitz, schaue in die Sterne und frage mich, welche Macht da oben zwischen den Sternen sitzen mag, die für all das hier unten verantwortlich ist.

01.12.2017, in einem schwedischen Bett in einer nordischen Stadt namens Hamburg, 06:35 Uhr

Als ich klein war, habe ich geglaubt, dass zwischen meinen Fingern Magie gesponnen ist wie Schwimmhäute einer Wassernixe. Ich dachte, ich kann Leben retten und Wunder vollbringen wie eine Drachenreiterin. Und in meinem Kopf sehe ich noch das Bild der grauen Taube, die mit weit ausgestreckten Flügeln zwischen Eis und Schnee liegt und kaum noch atmet.
Ich bin ins Haus gelaufen so schnell meine kleinen Beine mich tragen konnten, habe eine blühende Orchidee geköpft und der Taube die Blüte auf die Brust gelegt. Dann habe ich die Augen geschlossen und auf die Blüte gedrückt, damit sie mit der Brust des Vogels verschmilzt. Ich dachte damals, wenn die Orchidee mit der Taube verschmilzt, dann kann in ihr drin wieder neues Leben erblühen. Sie hat gezuckt und sich bewegt und ich dachte, es sei die Energie des neuen Lebens. Als ich die Augen geöffnet habe, lag die zerquetschte Orchidee auf ihr und die Taube war tot. Vermutlich hatten meine kleinen Hände sie erstickt, bevor sie erfrieren konnte.
Mein Vater musste mich noch Tage später trösten, wenn ich Albträume hatte.

Das war der Moment, in dem ich begriff, dass ich weder allen Tieren, noch allen Menschen in meinem Leben würde helfen können, so fest ich auch versuchte, daran zu glauben. Ich verstand, dass ich diese Welt nicht würde retten können. Diese Erkenntnis hat mich vor vielen Enttäuschungen bewahrt. Vor Freunden, von denen ich glaubte, aus ihnen bessere Menschen formen zu können und vor Herden streunender Bauernhofskatzen, von denen ich nur eine retten konnte. Aber diese Erkenntnis hat meine Welt eben auch ein kleines bisschen grauer gemacht.

Ich habe heute Nacht von der Taube im Schnee geträumt. Jetzt liege ich halb wach, halb schlafend zwischen rot karierten Bettlaken und warte darauf, dass Licht durch den Spalt zwischen den Gardinen dringt. Es ist noch dunkel. Mein Mund ist trocken. Ich will weder schlafen noch wachen.

Henry räumt Geschirr aus der Spülmaschine, ich höre das leise Klirren von Porzellan gegen Porzellan, das Pochen von Holz gegen Holz bis ins Schlafzimmer.

Ich möchte nicht zur Arbeit gehen. Heute ist einer der wenigen Tage, an denen ich mich vor meinen Patienten fürchte. Ich fühle mich zu schwach und inkompetent, um diesen Menschen entgegen zu treten, die mir ihre Seele anvertrauen. Es ist ein düsterer Ort, an dem meine Gedanken gerade hausen.

Ich konnte nicht wissen, dass eine Verbindung zwischen Nobody und Sammy besteht. Oder Judas. Aber für mich bleibt er Nobody. So habe ich ihn kennengelernt, genauso wie Sammy ihn als Judas kennt.

Ich konnte es nicht vorhersehen und nicht verhindern. Und dennoch fühle ich mich schuldig. Prinzipiell kann Konfrontation heilend wirken. Aber Sammy´s Augen sind wieder geschlossen und das Rückgrat ihres Bruders ist wieder gebrochen wie eine schlecht zusammengekleisterte Teekanne. Ich habe Verwüstung hinterlassen und es nicht geschafft, die Eskalation abzudämpfen.

Gleichzeitig bin ich unfassbar wütend. Wütend wegen all dieser Vorwürfe, die Sammy mir immer wieder macht. In den Momenten, in denen sie einen Sündenbock und Schuldigen braucht und mich auserkoren hat, dafür herzuhalten. Bloß, um sich nicht einzugestehen, dass sie in einem Sumpf voller ungelöster Probleme steckt und ich nicht dafür verantwortlich bin, sondern nur versuche, sie hinauszuziehen.

Und auch wütend auf mich, weil ich es zu nah an mich ranlasse. Weil ich nicht verletzt und schwach sein will, sondern verdammt noch mal stark! Und so wälze ich mich zwischen den verschiedensten Emotionen herum wie ein Wechselbalg.

Dann nicke ich doch nochmal kurz ein und versinke in einen Traum. Alles um mich herum wird still. Ich blicke in ein Paar Augen. Eine Dusche von Schmerz und Vorwürfen wird über mich geschüttet. Die Pupillen werden größer und größer. Die Augen wachsen und ich schrumpfe. In meiner Hand ist ein Marmeladenglas, in das ich diese Augen zu locken versuche. Aber sie sind zu groß. Wie zwei eigenständige Lebewesen. Ich sehe die roten Äderchen in ihnen pulsieren. Es sind Sammy´s Augen, begreife ich, je weiter ich schrumpfe. Oder wachsen bloß die Augen und ich schrumpfe gar nicht?

Plötzlich spüre ich Druck auf meinem Oberarm. Ich schrecke auf, blicke gehetzt von rechts nach links. Jemand blickt mir ins Gesicht und lehnt sich über mich. Adrenalin schießt durch meine Adern.

Ich entspanne mich erst wieder, als Traum und Wirklichkeit sich trennen und ich erkenne, dass es Henry ist, der da über mir lehnt, um mich zu wecken. Ich muss aufstehen und er muss los zur Arbeit. Ich gebe ihm einen Kuss auf die Lippen, die ich so liebe, obwohl ich es nicht gern mag mit dem schalen Geschmack im Mund. Er hat mir Tee ans Bett gestellt.

Ich krieche aus dem Bett, es ist stickig im Schlafzimmer und ich öffne die Fenster, um die frische Morgenluft hineinzulassen. Erste Sonnenstrahlen blitzen durchs Zimmer und Staub tanzt in ihrem Licht, als ich das Bett ausschüttle. Der Kräutertee steht in einer königsblauen Keramiktasse auf dem Nachtschränkchen. Er dampft noch heiß. Als ich die Tasse nehme, fällt ein kleiner Papierschnipsel zu Boden. Ich erkenne Henrys Handschrift. Tinte auf weißem Papier.

„Wenn dir jemand sagt, du würdest Pech bringen, dann denke daran, dass du die einzige Person bist, die mir je im Leben gezeigt hat, dass es Glück gibt auf dieser Welt. Reicht es nicht, wenn du zumindest einer einzigen Person in deinem Leben Glück gebracht hast, obwohl es nicht in deiner Verantwortung liegt?".

Ich weiß nicht, ob ich lächeln oder weinen soll. Warum kann ich Sammy nicht retten? Warum nicht Nobody aus dem Wasser ziehen wie seine Flaschenpost?

Ich fühle mich wieder wie als kleines Mädchen, das auf die tote Taube blickt, mitten im reinweißen, kalten Schnee. Und ich muss an Nobody´s Text denken über das kleine Papierboot auf azurblauer See. Verloren im unendlichen Meer, aber auch nicht bereit, unterzugehen.

Und obwohl ich es nicht mag, wenn ich nicht weiß, wie Geschichten ausgehen, beschließe ich, das Kapitel Sammy zu schließen. Ich werde das Buch über ihr Leben nicht zu Ende lesen, das Ende bleibt offen. Ich kenne ihre Vergangenheit und Gegenwart und ich will nicht zu gierig sein. Es wird keine weiteren Kassetten geben und keine besorgten Anrufe. Vielleicht muss ich noch manchmal drüber reden, daran denken, aber ich muss nicht mehr die Welt retten. Das sagt mir mein Kopf, mein Verstand. Nur eines kann ich nicht vergessen. Diese grün-grauen, von Wut erleuchteten Augen.

04.12.2017 Psychotherapeutische Praxis, Altona-Nord, 10:30 Uhr

„Frau Doktor", sagt meine zweite Sekretärin (halbtags Mittwoch bis Freitag), während sie durch den Spalt der vorsichtig geöffneten Tür lugt. Sie klopft nicht. Frau Paschulke klopft nie. Sie lauscht und dann öffnet sie die Tür. Aber immer rücksichtsvoll nur so weit, dass sie ihr Gesicht hineinschieben kann.

„Mahn, is det 'ne Demse hier!", sagt sie in ihrem schönen Berlinerisch und schon ist sie drin im Zimmer. Sie tapert mit hüftbreitem Schritt Richtung Fenster und ruckelt so lange daran herum, bis sie es weit aufgerissen hat. Kalte Luft fegt durch den Raum. Ich habe innegehalten und blicke ihr über den Laptop nach. Sie setzt sich auf die Fensterbank, ihr dicker kastanienbrauner Pferdeschwanz weht abwechselnd nach rechts und links.

„Mensch, Frau Doktor. Da is´was los, da vorn. Da ist jemand ohne Termin, der will zu Ihnen. Ich hab´schon gesacht dit geht so nich´, aber Madame besteht auf ihr Recht. Dit is´wirklich zum Mäuse melken! Die faselt wat von einer Flaschenpost."

Ich horche auf. Flaschenpost? Sammy würde doch nicht in meine Praxis kommen oder?

„Schicken Sie sie mal her", sage ich.

Frau Paschulke hält erstaunt inne.

„Ganz ohne Termin?"

„Ohne Termin", sage ich.

„Ohne Krankenkassenkarte?"

„Auch das."

Kopfschüttelnd steht sie auf.

„Liebe Frau Doktor", murmelt sie in ihrem Kauderwelsch aus Berlinerisch und Hochdeutsch, „Dit jibs ja janich. So geht der Laden hier nochmal vor die Hunde."

„Sie würden das Schiff schon vor´m Untergang retten, Frau Paschulke, da bin ich mir sicher", lache ich und ernte erneutes Kopfschütteln. Dann fällt die Tür zu. Ich streiche mir nervös die Haare zurück. Was erwartet mich jetzt? Was könnte Sammy dazu bewegen, auf mich zuzukommen? Sicherlich nicht die Bitte um einen Therapieplatz. Aber warum kommt sie dann nicht bei mir zu Hause vorbei? Wird sie jetzt schimpfend ins Zimmer stürmen, weil ich ihr nicht um Verzeihung flehend Kassetten geschickt habe? Oder weil sie doch noch wissen möchte, was in der letzten Flaschenpost steht? Das könnte ich ihr gar nicht sagen. Ich habe sie nicht geöffnet. Meine Gedankengänge werden unterbrochen, als es an der Tür klopft. Frau Paschulke ist wohl so beleidigt, dass sie Sammy nicht zur Tür begleitet hat.

„Herein", rufe ich und räuspere mich. Quälend langsam wird die Klinke hinuntergedrückt. Und da steht sie. In einem knielangen, lila Plisseerock mit schwarzem Rollkragenpullover. Sammy. An ihrem Arm ein junges Mädchen mit straßenköterblonden Rasterlocken.

„Ich geh dann mal", sagt das Mädchen und stellt Sammy mitten in den Raum, sodass ihr Gesicht in meine Richtung gewandt ist. *Blindenhilfe Hamburg*, lautet der Aufdruck auf dem schlabbrigen T-Shirt. Das erklärt also schon mal, wie Sammy es überhaupt hierhergeschafft hat.

Auf eine absurde Art und Weise fühle ich mich sicher, wie ich an meinem Schreibtisch sitze und auf Sammy blicke, die etwas unsicher in diesem unbekannten Zimmer steht.

Mir fällt auf, wie sich meine Wahrnehmung bezüglich Sammy seit unserem ersten Treffen verändert hat. Ich weiß jetzt so viel mehr über sie und zugebenermaßen ist meine anfängliche Sympathie abgeflacht. Ersetzt durch eine Skepsis in Erwartung auf Wut und Vorwürfe. Die Stille beginnt drückend zu werden, also sage ich das, was ich zu allen Menschen sage, die als unbescholtene Bürger diese Praxis betreten.

„Setz dich doch."

Innerlich schlage ich mir direkt auf die Stirn.
Sammy weiß gar nicht, wo ein Stuhl ist. Aber
bevor ich mich entschuldigen kann, hat sie sich
schon im Schneidersitz auf den Teppichboden
gesetzt. Um mich nicht über den Schreibtisch
beugen zu müssen, damit ich sie ganz im Blick
habe, stehe ich auf und beschließe, es ihr
gleichzutun. Ich ziehe meine Schuhe aus und
setze mich vor sie hin, einen guten Meter
Sicherheitsabstand zwischen uns. Sie schweigt.
Ich warte einen Moment, aber es kommt nichts.
„Was treibt dich hierher?", frage ich, um der
Stille ein Ende zu setzen.
Ich gehöre nicht zu den Therapeuten, die still
die Zeit absitzen, bis ihr Patient anfängt zu
sprechen. Aber stop, ich vermische hier etwas.
Sammy ist keine Patientin, hämmere ich mir
ein. Es ist schwer, das zu trennen, wenn wir uns
in diesem Kontext gegenübersitzen.
„Gedanken", antwortet sie.
Es ist das Erste was ich sie heute sagen höre.
Ihre Stimme ist rau, als ob sie länger nicht
gesprochen hätte. Gedanken treiben sie also her.
So, so. Ich bin gespannt. Meine Hose sitzt zu
eng an der Oberschenkelinnenseite und ich
rutschte ein bisschen hin und her, damit es nicht
so kneift. Sammy scheint mein leises Rascheln
als ungeduldige Aufforderung zum
Weitersprechen aufzufassen. Sie dehnt ihren

Nacken wie vor einem anstehenden Boxkampf. Ich bin noch immer erstaunt darüber, sie hier zu sehen. Es ist irgendwie irreal. Ich hätte vielleicht erwartet, dass wir uns eines Tages nochmal auf der Straße begegnen, ohne dass sie es wüsste. Eine zufällige, flüchtige Begegnung, eines Tages. Aber nicht in meiner Praxis, nicht jetzt. Die Emotionen wandern über ihr Gesicht wie kleine Regenschauer. Sie lächelt verlegen, verzieht nachdenklich die Mundwinkel, seufzt und kräuselt dabei die Nase, während sie erzählt.

„Ich bin kein einfacher Mensch", beginnt sie, „und manchmal möchte ich weinen, weil ich gern so wäre wie die anderen. Ich hätte manchmal gern eine Kindheit gehabt mit Eltern, die sich lieben und vielleicht ohne Geschwister. Eine typisch deutsche Familie in einer Vorstadtsiedlung.

Nur waren wir zu fünft und glücklich waren wir auch nicht. Nein, Moment. Das ist eine Lüge. Als ich klein war, da hat mein Vater noch gelacht. Er hat meine Mutter noch umarmt und mit mir Flieger gespielt. Aber das ist lange her. Ich glaube, es war nicht mal, dass er seinen Job verloren hat. Es war das, was die Leute gesagt haben. Irgendwann war er der festen Überzeugung, dass Mama ihn betrogen hat. Dass meine Schwester nicht sein leibliches Kind ist, weil sie ihm so unähnlich sieht. Bei mir hatte er keine Zweifel, wir hatten immer schon dieselben Augen.

Mein Bruder ist abgehauen so schnell es ging. Ich glaube er hat jeden Tag Kreuzchen gemacht, bis er endlich alt genug war, um auszuziehen. Er war der einzige, mit dem ich über alles reden konnte und der einzige, der gegen unseren Vater angekommen ist. Er ist nicht mal auf die Idee gekommen, mich mitzunehmen. Ich habe ihn gehasst, so sehr gehasst.

Danach war alles Liebevolle fort. Meine Schwester hat sich immer im Zimmer eingeschlossen. Abends war sie unterwegs, ist von Club zu Club gezogen. Sie ist dann oft nicht nach Hause gekommen. Obwohl Papa sie mal verprügelt hat, weil jemand ihn drauf hingewiesen hat, dass seine Tochter sich zu viel in fremden Betten rumtreibt und dass sie schon als Dorfmatratze deklariert wird. Das hat sie dann büßen müssen.

An dem Tag, als er ausgeflippt ist und uns abstechen wollte, hat Mama versucht, sich von ihm zu trennen. Er hat gebrüllt wie ein Wahnsinniger. Dass das alles nur sei, weil er keinen Job mehr findet. Dass sie eine respektlose, alte Hure ist.

Danach weiß ich eigentlich gar nicht mehr viel. Nur noch, dass ich mich an meine Schwester gedrückt habe, damit sie nicht so schnell kalt wird. Kalt ist endgültig tot, das wusste ich.

Wir hätten einfach alle heimlich gehen sollen oder ihm was in seinen beschissenen Blaubeerjoghurt reinmischen, was ihn abmurkst.

In den letzten Jahren war es besser, ich kann wieder freier atmen hier in Hamburg.

Manchmal kommt ein bisschen Panik, auch mal Wut. Ich wache oft nachts auf und bin allein mit der großen Traurigkeit, die neben mir schlummert. Und trotzdem dachte ich, dass ich das Leben ertragen kann, dass es wieder auch schöne Momente gibt zwischen den Schatten.

Als ich das dann herausgefunden habe, mit der Akte, habe ich was verstanden. Ich war wütend, weil ich begriff, dass ich noch immer niemandem vertrauen kann. Ich war so unfassbar wütend, dass du mich hintergangen haben könntest. Und noch wütender, weil der Gedanke, dass du aus Berechnung gehandelt haben könntest, so übermächtig war.

Aber am schlimmsten war, dass ich die kleine Stimme nicht akzeptieren konnte, die mir gesagt hat, dass ich dir eine Chance für eine Erklärung geben sollte, weil es auch noch andere Möglichkeiten gibt. Denn das zeigte mir, dass ich nicht vertrauen kann. Niemandem.

Und wie einsam ich deshalb bin.

Und du hast keine Ahnung, wie viel Überwindung es mich gerade kostet, dir das so zu erzählen. Ich fühle mich so ausgeliefert, auch wenn ich darüber sprechen muss.

Ich will nicht, dass du leidest. Wirklich. Und es tut mir leid. Ich will freundlich sein, weißt du? Ich will lieben und vertrauen. Aber in mir ist ein Monster, das ist wütend und verletzt und manchmal kommt es nicht nur nachts, manchmal auch am Tag. Und trotzdem habe ich mich überwunden, dir eine zweite Chance zu geben und die Panik in mir zu überwinden.

Als ich dann.... Als ich diese Stimme gehört habe, es war wie ein Schlag mitten in mein verdammtes Gesicht. Ich hätte nicht gedacht, dass ich meinem Bruder jemals wiedersehe. Und ich wollte ihn umarmen und erwürgen, alles gleichzeitig. Und dann wollte ich einfach nur weg, das war so viel plötzlich.

Ich habe mich einfach gefragt, welche Strafe Gottes mir da widerfahren ist und warum mir die Vergangenheit immer wieder begegnet, wenn ich mit dir zusammen bin. Und ich war fast sicher, dass es nicht deine Absicht war. Und doch waren da Zweifel, ob du ein Spiel mit mir spielst.

Im Nachhinein ergibt vieles mehr Sinn. Das kleine Rotkehlchen in den Texten, das bin ich und er ist die Schwalbe. Und als in dem einen

Text dieses Schreckenshaus beschrieben wurde, war mir spätestens bei der alten Weide klar, dass es nur unser Haus sein konnte.

Damals habe ich dich erstmal weggeschickt, um darüber nachzudenken und mir dann eingeredet, dass es ein Zufall sei. Es gibt viele düstere Häuser mit hasserfüllten Menschen hinter schiefen Weiden auf dieser Welt.

Das macht mich alles immer noch so fertig, weil alles wieder hochkommt und mir die Luft zum Atmen nimmt. Ich habe das Gefühl, als ob die Sprache, mit der ich alles versuche in Worte zu fassen, gar nicht die richtigen Ausdrücke hat, um zu beschreiben, was ich fühle. Vielleicht muss dafür erst eine neue Sprache erfunden werden.

Gerade, wenn ich all das nochmal erzählen muss, ist es so, als ob ich schreien will und gleichzeitig nicht die Kraft dazu habe. Wie in einem Traum, in dem man läuft und läuft und doch nicht von der Stelle kommt."

Sie legt den Kopf in die Hände. Der Raum vibriert von Emotionen und losgebrochenen Worten, die sie so lange versteckt hat.

Es fällt mir schwer, alles von außen zu betrachten, weil ich selbst ein bisschen mit dieser Geschichte verflochten bin.

„Sammy", sage ich heiser und lege vorsichtig meine Hand auf ihr linkes Knie, „es war nie meine Absicht, dich zu verletzen oder dir Schmerz zuzufügen."

Sie hebt den Kopf.

„Ich weiß. Tief in mir drin weiß ich das, sonst wäre ich nicht hier. Ich bin hergekommen, weil ich dir sagen will, dass es okay ist für mich, dass du Therapeutin bist, solange du mich nicht gegen meinen Willen therapierst."

„Das ist in Ordnung. Ich kann auch gar nicht deine Therapeutin sein, weil ich nicht neutral bei dir bin. Du hast mich auch verletzt. Ich verstehe, warum du mich angeschrien hast, aber ich bin nicht für dein Glück oder Unglück verantwortlich, Sammy."

Sie nickt und ich atme auf. Meine Hände sind ein wenig verschwitzt. Es kostet mich Überwindung, weiterzusprechen.

„Es gibt da noch etwas über deinen Bruder, was du wissen solltest, Sammy…".

Doch sie schneidet mir das Wort ab.

„Ich bin noch nicht so weit", sagt sie.

Und ich möchte sie nicht drängen, aber ich überlege, ob sie mich später wieder hassen wird, weil ich ihr etwas Wichtiges verschweige. Aber Sammy entscheidet selbst, wer ihren Hass auf sich zieht. Sie will es nicht hören und ich werde nicht reden.

Aber ich weiß etwas, das sie eines Tages erfahren muss. Und in mir wächst der Plan, sie dazu zu bringen, dass sie es hören will. Mein Verstand hat mir so sehr beteuert, dass das Kapitel Sammy abgeschlossen ist. Und jetzt sitze ich vor ihr, oder sie vor mir, ganz wie man es sehen möchte, und ich begreife, dass diese Verbindung zwischen uns auch ein bisschen ist wie ein Fluch. Ich kann nicht aufhören, bis ich ihr irgendwann in die Augen schaue. Ich kenne ihre Geschichte und ihre Pupillen sind wie mein Heroin. Ich muss es nochmal versuchen. Und es könnte sein, dass es weh tut. Dass ich mir die Finger verbrenne. Aber sie hat ihren ganzen Mut zusammengenommen und ist hergekommen. Wir haben das Rätsel um die Flaschenpost gelöst und uns beide gegenseitig verletzt wie zwei reißende Wölfe.

Wenn ich Sammy anschaue, wie die Sonne durch die Jalousien in Streifen auf ihren Körper scheint, ist es, als würde ich auf das Gemälde eines Impressionisten blicken. Ich sehe alles und bin mir dennoch nicht sicher, ob ich es jemals werde greifen können. Vor mir sitzt eine Frau mit einer unbeschwerten Kindheit, die sich in eine schlechte Verfilmung von Stephen King verwandelt hat und die geflohen ist auf ein wackelndes Boot, durch dessen brüchiges Holz Wasser hineinläuft. Sammy schaufelt und schaufelt, und weil sie die Löcher nicht sieht, kann sie nur das Wasser aus dem Boot schaufeln, aber das Holz nicht reparieren. Und ich weiß nicht, wer ich auf dem Boot bin. Mal ein hinterhältiger Hai, mal der tapfere Matrose. Ich wünschte, sie würde die Löcher erkennen, denke ich.

„Möchtest du wenigstens wissen, was in der letzten Flaschenpost stand, die er vor unserem Zusammentreffen geschrieben hat? Ich schleppe sie schon seit Ewigkeiten mit mir herum und habe sie nicht gelesen", sage ich und stütze mich auf meinen Händen im Schneidersitz ab.

„Worte verdienen es gehört zu werden. Auch wenn der Verfasser ein verdammter Feigling ist."

Ich glaube, sie lächelt. Aber Schwermut versteckt sich in den Mundwinkeln. Und so verbringen wir meine Mittagspause mit einer Flaschenpost. Wir reden und tasten uns langsam aneinander ran. Ich werde gelöster, entspannter, weniger vorsichtig.

Manchmal braucht es keine Tage, bis Dinge bereinigt werden. Manche Minuten, gefüllt mit den richtigen Worten, heilen mehr als verstrichene Tage voll von verhaltenem Schweigen.

Wir verabschieden uns erst, als meine Sekretärin mich daran erinnert, dass der nächste Patient seit zehn Minuten wartet. Ihr Gesicht, als sie uns mit einer leeren Flasche Wein zwischen den Füßen und einem Blatt Papier auf dem Schoß im Schneidersitz gegenübersitzen sieht, ist unbezahlbar.

Es ist ein Text, der mich berührt und ich gehe ihn wieder und wieder im Kopf durch.

Vielleicht wäre er die richtige Medizin gewesen nach dem Abend im *Petit fou*.

Ich war heute Nacht draußen und habe die Sterne gesehen. Da habe ich mich gefragt, ob wir dem Universum etwas bedeuten. Sind wir Pluto gleichgültig? Weint die Milchstraße mit, wenn eine Katze vom Auto überfahren wird?

Im Internet steht: Man bezeichnet als Universum allgemein gesehen die Gesamtheit aller Dinge. Heißt das nicht, dass es Trauer und Freude geben muss in der Atmosphäre? Wenn da oben alles ist und wir sind nur ein kleiner Teil von allem, wie viel ist dann mein Leben wert in der großen allumfassenden Unendlichkeit, die am Himmel lauert?

Jemand hat mir mal erzählt, da oben würde ein Gott wohnen, der auf alle Menschen Acht gibt. Da habe ich gefragt, ob er nicht einen beschissenen Job macht, wenn überall so viel Mist passiert hier unten auf der Erde.

Die Antwort lautete, dass jeder selbst für den Mist verantwortlich ist, weil Gott uns die Freiheit gegeben hat, selbst zu bestimmen und frei zu handeln. Ich habe beschlossen, dass das Gott überflüssig macht, wenn er sowieso nicht eingreift. Dann habe ich ein Buch gelesen über die Gesetze der Anziehung. Es behauptet, alles was wir wollen, ziehen wir an. Es sagt, wir seien dem Universum nicht egal und dass das Universum uns zurücksendet, was wir hinausschicken. Seitdem wünsche ich mir, dass ich glücklich bin. Aber das Universum lässt sich Zeit mit der Antwort. Ich warte jetzt seit zwei Monaten. So langsam glaube ich, dass ich kein Teil des Universums bin.

Ich bin eher so der Typ Kernkraftreaktor. Er hört erst auf, radioaktiv zu strahlen, wenn man ihn abschaltet. Wäre aber vielleicht zu absurd, sich umzubringen, wenn man einer der wenigen Überlebenden aus seiner Familie ist, oder? Ein bisschen undankbar vielleicht. Also strahle ich radioaktiv vor mich hin, bis irgendwas im Universum mich hier unten leuchten sieht.

Seltsam nur, dass es mich so beruhigt, in die Sterne zu schauen, dabei ergötze ich mich nur am Anblick verglühender Meteoriten. Ich schaue mir sterbende Sterne an und weiß, alles hat ein Ende und das Ende sieht eigentlich ganz schick aus. Es funkelt und glitzert. Und am schönsten ist es von weit weg. Man sieht schöne Dinge von der Erde aus betrachtet. Vieles ist nur schön, wenn man nicht nah genug hinschaut. Die Erde sieht aus dem All auch viel friedlicher aus. Man sieht keine Grenzen, keinen Hass, keinen Rassismus. Alles ist bunt und harmonisch.

Falls ich nochmal irgendwann Kinder habe, erzähle ich ihnen, dass da oben ein Rat voller Sterne sitzt, geführt von einem Gott der grenzenlosen Freiheit und dass sie manchmal über uns reden und die Meteoriten sich Geschichten von uns Erdlingen erzählen. Kinder haben so viel Hoffnung. Sie sind der Überzeugung, nicht egal zu sein. Und Erwachsene blicken in den Himmel hinauf und suchen den Sinn des Lebens. An Orten, die sie nicht greifen können, statt mit ihren Händen einen Teil der Erde zu formen.

Und fast bilde ich mir ein, dass ein neuer Stern verglüht, während ich das hier schreibe. Vielleicht fällt er irgendwo auf die Erde. Sie sah so verheißungsvoll aus von da oben betrachtet. Aber es wird kein sanfter Fall, der Aufprall wird nicht weich sein.

22.12.2018, Kensington Gardens, London, 14 Uhr

Es ist zwei Tage vor Weihnachten. Wir besuchen Henry´s Familie in England. Seine Mutter stammt aus Yorkshire, aber gefeiert wird im alten viktorianischen Haus seines Großvaters im Stadtteil Bloomsbury in London. Unter meinen Füßen knirscht schmutzig-braune Schneeschmelze. Ich liebe die frische Luft, die einen umhüllt, sobald man den Park betritt. Es ist, als ob unsichtbare Mauern die Abgase der dicht befahrenen Verkehrsstraßen zurückhalten und der Gestank keinen Eintritt in die Kensington Gardens erhält. Jetzt kann ich endlich meine Gedanken schweifen lassen. Mein Kopf sucht nach Freiheiten zwischen kahlen, hohen Bäumen, an denen kleine Eiszapfen hängen.

Dann schließe ich die Augen. Ich merke, wie meine Schritte automatisch langsamer werden. Mein Stand wird breitbeiniger, vorsichtiger. Und meine Nackenmuskeln spannen sich an. Und trotzdem ist es kurz ein bisschen wie Schweben.

Mein Geist entspannt sich. Ich lausche. Tauben gurren irgendwo auf den Ästen und trotzen der Kälte des Dezembers. Ein Auto beschleunigt ohne zu schalten, so laut, dass ich es bis in den

Park höre. Ich höre Knirschen. Meine Sohlen auf
Eis und Schnee. Irgendwo hinter mir flucht
jemand. Niemand antwortet. Er flucht weiter.
Er wartet. Ich glaube, er telefoniert. Der Akzent
könnte spanisch sein. Ich versuche direkt, mir
ein Bild von der Person vorzustellen. Ich kann
es nicht lassen, kann die Bilder nicht ziehen
lassen. Dabei will ich mich doch in diesem
Moment, in diesem kurzen Augenblick, von
allen Bildern lösen. Die Schwärze hinter meinen
Lidern mit Schallwellen, Gerüchen und
Tastsinn übermalen.

Ich konzentriere mich auf ein großes Nichts. Es
ist nicht einfach. So, wie wenn man auf keinen
Fall an einen pinken Elefanten denken soll. Und
unmittelbar taucht er tanzend vor deinem
geistigen Auge auf.

Es ist ein bisschen glatt. Ich werde noch
langsamer. Und ich nehme die Hände aus den
Manteltaschen. Falls ich falle, kann ich mich mit
den Händen abfangen, denke ich ganz
pragmatisch. In meine Nase zieht der Duft von
Schnee. Wenn ich mich bemühe, kann ich der
Empfindung Kälte einen Geruch zuordnen. Es
riecht irgendwie nach Reinheit, nach einer Note
gemahlenem Kümmel. Ich weiß, wie es riecht
und kann es dennoch schwer in Worte fassen.
Vielleicht sind wir alle zu sehr darauf aus,
Bilder beschreiben zu können. Mit Düften ist

das viel schwerer. Ein Parfüm kann gut riechen oder schlecht, vielleicht ist eine Note Vanille auszumachen, aber es gelingt nichts Differenziertes. Schnee zu sehen und zu beschreiben hingegen ist einfach. Er ist blauweiß und kristallin. Je nach Eisanteil eher eine feste, zusammengedrückte Masse oder luftige Schicht. Ich werde Sammy fragen, wie Schnee für sie riecht. Direkt, wenn wir uns wiedersehen.

Unter meinen Schuhen spüre ich die Beschaffenheit des Bodens. Mittelgroße Kiessteine. Dünner, eis- und schlammdurchzogener, rutschiger Boden mit einzelnen Schneeinseln.

Ich versuche, gerade zu laufen, mit halb ausgestreckten Armen wie ein schüchternes Flugobjekt, um nicht vom Weg abzukommen. Gleichzeitig höre ich, wie mir jemand entgegenkommt. Ich muss einen komischen Anblick abgeben. Trotzdem halte ich die Augen geschlossen. Geh weiter, denke ich, bitte geh einfach weiter. Die Schritte verlangsamen sich, es sind feste, schwere Schritte.

„Excuse me? Entschuldigen Sie?", tönt ein tiefer Basston in meine Richtung. Ich bleibe stehe, hüftbreit, Arme noch immer ausgestreckt und blinzle. Obwohl ich nur ein paar Minuten die Augen geschlossen habe, müssen sie sich erst wieder an das Licht gewöhnen. Noch ist alles etwas überbelichtet, wie bei einem schlechten Polaroidfoto.

„Are you okay, Madame? Sind Sie okay?", fragt der Mann vor mir. Ein breitschultriger Bobby, ein Polizist in dunkelblauer Amtskleidung und mit klassischem Helm. Seine rechte Hand liegt am Gewehr und an dem Schlagstock in der Hüfthalterung.

Ich beiße mir auf die Unterlippe. Das habe ich schon als Kind gemacht, wenn ich unfreiwillig in der Schule drangenommen wurde, ohne dass ich mich gemeldet hätte. Wie erkläre ich dem guten Mann jetzt, was ich hier mache? Ich versuche nur kurz ein bisschen Sammy zu sein, wäre die ehrliche Antwort. Sammy, würde der Bobby fragen. Und ich würde scherzen, ja Sammy, das ist meine zweite Persönlichkeit, die Stimme in meinem Kopf. Und schon säße ich in der Ausnüchterungszelle oder in der Zwangsjacke fest.

Also wähle ich die Nummer, die immer zieht. Ich atme tief ein, blähe meinen Bauch auf und fange an zu lügen, was das Zeug hält. Der Polizist hört mir mit erst erstauntem, dann verständlichnisvollem und immer warmherzigerem Ausdruck zu. Ich erzähle ihm, die Hand auf meinen Bauch gelegt, dass ich im dritten Monat schwanger sei und dass mir nur ein bisschen schwindelig geworden wäre. Der Kreislauf, die Hormone. Deshalb hätte ich kurz die Augen geschlossen, wäre etwas gewankt. Aber jetzt ginge es schon viel besser. Ich würde mich auch sofort auf den Weg nach Hause begeben.

Ob er auch Kinder hätte? Er lacht und erzählt, er sei Vater von zwei Söhnen. Seiner Frau wäre auch immer speiübel gewesen während der Schwangerschaft. Wir plaudern noch ein bisschen und dann versuche ich mich zu verabschieden. Versuche, langsam dem Gespräch zu entschwinden und ihn abzuwimmeln.

Aber was soll ich sagen? Lügen haben kurze Beine.

Und so stehe ich eine halbe Stunde später mit einem Polizisten vor der Haustür von Henry´s Großvater und schaue in Henry´s staunende Augen, als der Bobby ihm erzählt, er habe seine schwangere Verlobte im Park aufgegriffen und wolle sichergehen, dass ich heile nach Hause komme. Noch erstaunter und mit offenem Mund steht daneben Sir Walter in der Tür, Henry´s Großvater.

Es dauert zwei Tage, bis ich Henry´s Opa klar gemacht habe, dass er kein Urgroßvater wird. Trotzdem wird mir an Heiligabend kategorisch nie Wein nachgeschenkt und ich werde aus der

Trinkrunde ausgeschlossen. Henry amüsiert sich prächtig, ich sehe das schadenfrohe Leuchten in seinen Augen. Mein Amüsement ist hingegen eher mittelprächtig.

An diesem Weihnachten tauchen zwei Fragen in meinem Kopf auf. Die erste lautet, warum wir in einer Gesellschaft leben, in der es tabu ist, die Augen zu verschließen, wenn man nicht tatsächlich blind ist.

Und die zweite stelle ich mir, als ich in die leuchtenden Gesichter von Henry´s und damit auch meiner Familie schaue. Denn da frage ich mich, ob Sammy sich nicht manchmal, trotz allem, ein bisschen nach Familie sehnt.

Auf die zweite hat Henry eine ganz zufriedenstellende Antwort. Er sitzt auf dem roten Sofa, meine Beine liegen auf seinem Schoß und Urgroßtante Rose sitzt uns gegenüber auf einem alten, goldgelben Sessel und schnarcht leise mit vornübergebeugtem Kopf. Henry schaut durch das große Wohnzimmerfenster in die noch von Stadtlichtern erleuchtete Nacht.

„Ich glaube", sagt er, „nach Familie sehnt man sich erst, wenn man angekommen ist. Mein Vater zum Beispiel wollte nie eine Frau und Kinder, bis er meine Mutter getroffen hat. Dieses Bedürfnis nach Gemeinschaft und Beständigkeit ist so tief in uns verwurzelt, das kann man nicht ausschalten.

Ich finde es durchaus verständlich, dass sie sich nicht nach ihrer Familie zurücksehnt.

Aber vielleicht sind dort trotzdem Lichtmomente, zu denen sie zurückkehren wollen würde, wenn man ihr eine Zeitmaschine in die Hand drückt.

Und ich glaube, wenn ihr all das gleichgültig wäre, dann hätte sie ihren Bruder nicht so angeschrien. Wo Wut ist, dann sind ja auch verletzte Gefühle und dann waren da auch mal Vertrauen und Geschwisterliebe.

Auch wenn sie Weihnachten betrachtet wie einen ganz normalen Tag im Jahr, ich könnte darauf schwören, dass ihr Kopf in Erinnerungen und Sehnsüchten reist. Wenn man keine eigenen glücklichen Erinnerungen hat, sehnt man sich nach den Momenten anderer. Nach Erzählungen aus dem Radio oder von Freunden, nach einem Gefühl, das ein Film mit Happy End in einem auslösen kann. Wirklich, ich glaube, als gesunder Mensch sehnst du dich nach Familie. Und so schwach der Gedanke auch sein mag, irgendwo tief drin steckt dieser Wunsch. Und dann erwacht er spätestens, wenn du mit Menschen umgeben bist, die wie eine Familie für dich sein können. Aber das sind auch nur meine Gedanken. Das sage ich jetzt einfach mal so pauschal, ohne dass ich es wissenschaftlich untermauern könnte.

Aber soweit ich mich erinnere, sagst du auch immer, dass eine Störung der sozialen Funktion ein Grundpfeiler für eine psychische Störung ist. Und auch wenn du sie besser kennst, würde ich meine Hand dafür ins Feuer legen, dass Sammy sich nach anderen Menschen und auch nach familiärem Frieden sehnt."

Er unterbricht sich und nimmt einen Schluck aus dem Weinglas.

Und in diesem Augenblick wünschte ich, dass Sammy ich wäre, damit sie spüren könnte, wie schön es sein kann, wenn jemand einen an seinen tiefsten Gedanken teilhaben lässt.

Jemand den man liebt, wie ich Henry liebe. Und dann würde sie sich umschauen und sehen, wie die anderen am Tisch sitzen, angetrunken und eher flüsternd als redend und mit besonnenem Lächeln in die Kerzenflammen am bunten Christbaum schauen. Familie.

Die erste Frage hingegen verfolgt mich bis in die Nacht und ich mache mir allerlei Gedanken. Warum ist es unakzeptabel, die Augen zu verschließen, wenn man nicht tatsächlich blind ist?

Henry schläft neben mir, sein Atem geht langsam und gleichmäßig. Ich drehe mich auf die Seite und schaue in die Dunkelheit. Ins Nichts. Und ich denke nach, stelle mir Fragen, diskutiere mit mir selbst.

Was empfindest du, wenn du einen blinden Menschen siehst? Jemanden, der mit einem Blindenstock und einem Armband mit drei schwarzen Punkten auf gelbem Grund auf dich zukommt?

Ist da nicht direkt so etwas wie Mitleid? Das Bedürfnis, zu helfen?

Wir trauern ein bisschen mit der blinden Person, weil wir daran denken, was für ein Verlust es wäre, wenn wir nicht mehr sehen könnten.

Nie wieder im Leben in die Augen unseres Kindes, unseres Geliebten, unserer Mutter schauen. Nie wieder Kumuluswolken am blauen Himmelszelt. Nie wieder azurblau, karminrot oder sonnengelb. Nie wieder Farben.

Als ich Sammy das erste Mal gesehen habe, hat sie mich fasziniert. Zum einen wohl, weil ich sie ohne einen Blick in die Augen nur schlecht einschätzen konnte. Und zum anderen, später dann, weil es so erstaunlich ist, dass jemand auf seine Augen verzichtet, wenn er die Wahl hat.

Wenn jemand sich augenscheinlich freiwillig Watte in die Ohren stopft, um nichts mehr zu hören, dann ist das irritierend, besorgniserregend, manchmal respektlos. Willst du mich nicht hören? Oder eben: Willst du mich nicht sehen? Hör mir zu. Sieh mich an.

Aber was ist, wenn im Fernsehen ein Bericht

über Massentierhaltung oder einen Terroranschlag läuft und ich schalte einfach um? Ist das nicht auch eine Art, die Augen zu verschließen vor Dingen, die ich zu sehen nicht ertragen kann? Und so oft verschließt jeder von uns die Augen. Menschen gucken weg, wenn jemand bettelnd am Boden kniet oder der Partner das Kind schlägt. Menschen treffen bewusst die Entscheidung, etwas nicht zu sehen oder nicht genauer hinzuschauen. Jeden Tag, jede Minute. Und dennoch wollen wir nicht ganz ohne unsere Augen. Wir wollen die Wahl haben, alle Türen offenhalten. Irritiert es uns deshalb so sehr, wenn jemand die klare Entscheidung trifft, die Augen zu schließen? Und dann muss ich mich im Park rechtfertigen und mir eine Geschichte ausdenken, damit ein Polizist mich nicht verdächtig findet?

Und auch ich würde nie für immer die Augen schließen, weil ich dann auch all die bezaubernden Dinge nicht sehen könnte. Sammy´s bunte Röcke, Henry´s Lächeln, Granny´s herb-braunen Schokoladenkuchen. Der Preis dafür, Erschreckendes nicht mehr sehen zu müssen, besteht darin, auch all das Wunderbare abzugeben. Es ist wie ein Handel mit dem Teufel, bei dem man seine Seele hergeben muss, um den Pakt zu besiegeln. Und trotzdem kann man nicht sagen, dass

Sammy alles verloren hat und schlechter dran ist als der Rest der Menschen. Sie hört besser als ich, sie riecht mehr, sie achtet viel mehr auf das, was ihre Hände und Füße ertasten als alle anderen um sie herum. Ist es dann nicht irgendwie anmaßend, dass ich mir wünsche, dass sie all das aufgibt und ihre Augen öffnet? Warum gehört es in meiner Vorstellung zu einem inneren Gleichgewicht, allen Sinnen Beachtung zukommen zu lassen?

Möglicherweise weil erst so ein Gesamtbild entstehen kann. Erst wenn ich eine Katze sehen, riechen, hören und ertasten kann, kann ich mir doch sicher sein, dass es eine Katze ist und kein Luchs, oder?

Und ich möchte in keiner Welt leben, in der alle die Augen geschlossen haben. Sicherlich würde man sich daran gewöhnen und sich andere Wege suchen, die Menschen um sich herum zu verstehen. Aber ich könnte nicht lieben, wenn ich dabei nicht in die Augen schaue. Nicht grinsen, wenn ich nicht das Leuchten in den Augen meines Gegenübers sehe. Nicht direkt vorsichtig werden, wenn ich nicht die geweiteten Pupillen meines angriffslustigen Gegenübers sehe, der auf mich zukommt.

Die Natur eines Menschen kann man erschließen, indem man seinen Duft riecht, seine Worte hört, sich seinen Körper ertastet.

Aber die Seele eines Menschen, das verborgene Ich hinter den Augen ist etwas, dass ich immer nur werde sehen können.

Und ich sehne mich danach, in Sammy´s Seele tauchen zu können und in ihrer Iris Dinge zu sehen, bevor sie diese Dinge aussprechen kann. Und ich möchte ihr Vertrauen spüren, wenn sie mir in meine Augen schaut.

Solange wir die Wahl haben, wünscht ein jeder dem anderen, dass er sich nicht der Möglichkeiten verschließt, die unsere Welt uns offen darlegt. Und mit diesen Gedanken, mit meiner ganz persönlichen Antwort auf diese universelle, diverse Frage, sinke ich hinab in den Schlaf. Ich betrete den Ort, an dem mein Bewusstsein keine Fragen mehr stellen darf.

06.1.2018, Flughafen Podgorica, Montenegro, 14 Uhr

Es ist ein neues Jahr. Die Karten werden wieder neu gemischt. Sammy hat mit uns Silvester gefeiert. Mit Henry und mir Sekt geschlürft und dem Feuerwerk gelauscht. Mit geschlossenen Augen ist es fast aufregender als wenn man es nur funkeln sieht. Sie hat sich sogar mit unseren Freunden unterhalten und sah fast glücklich aus.

Henry behandelt sie manchmal noch wie eine Bombe, die jederzeit losgehen kann, aber falls sie es merkt, sagt sie es nicht.

Nur Weihnachten haben wir uns eine Woche lang gar nicht gesehen. Henry hat darauf bestanden, dass es unsere Zeit ist und Zeit mit unseren Familien und Sammy meinte, sie mag ohnehin kein Weihnachten, seit ihr Vater ihr einmal an Heiligabend ein Glas Rotwein an den Kopf geworfen hat.

Ich habe das Gefühl, dass sie wie eine schnurrende Katze in meiner Gegenwart ist, seit sie in der Praxis war. Alles, was sich angestaut hatte, konnte endlich mal raus. Sie wirkt ausgeglichener seitdem, es gibt seltener Momente, in denen sie sich verschließt.

Und auch Henry hat mich überrascht, er hat uns Flugtickets nach Montenegro geschenkt. Nicht uns im Sinne von Henry und mir, sondern mir und Sammy. Wir werden das erste Mal zusammen verreisen! Ich liebe diesen Mann. Sammy erzählte nämlich eines Abends zwischen Pasta und Schokoladenkuchen (es war einer ihrer besonders offenen Momente), dass es das Lieblingsland ihres Bruders sei. Vielleicht kann das Land schon helfen, ihm ein bisschen näher zu kommen, meinte Henry später zu mir. Wenn wir mit bloßem Reden schon nicht weiterkommen.

Natürlich hatte ich ein bisschen Angst, dass Sammy die Überraschung nicht gefällt und sie überrumpelt ist. Aber sie hat sich offenherzig gefreut.

„Ich bin seit Jahren nicht verreist!", hat sie gerufen und da wusste ich, dass alles gut ist. Zum Abschied hat sie dann gemurmelt: „Ich wollte schon immer mal verstehen, warum er dieses Land so sehr liebt, dass er mich dafür allein zurückgelassen hat."

Sie sah unfassbar traurig dabei aus, wie ein Kolibri mit gebrochenen Flügeln. Es war das erste Land, in das Nobody damals gefahren ist, als er von zu Hause weg war. Wahrscheinlich hat er es deshalb so geliebt, weil er dort das erste Mal wieder Freiheit kosten konnte.

Sammy hat nur noch einmal nach ihm gefragt. Sie wollte wissen, ob ich noch Kontakt zu ihm habe und ich habe verneint.

„Ich kann ihn nicht erreichen, dort wo er jetzt ist", habe ich gesagt und mehr wollte sie nicht wissen. Ich frage mich, ob sie etwas ahnt.

Und jetzt stehen wir hier am Flughafen in Podgorica. Es ist nicht gerade einfach, mit einer blinden Person zu reisen. Sammy sieht ihren Reisepass nicht, weiß nicht, wo sie ihren Finger zur Abdruckkontrolle drauflegen muss und ich bin die ganze Zeit stets an ihrer Seite, weil sie die Umgebung nicht kennt. Ich beschreibe ihr alles, was ich sehe. Will ihr auf diese Weise Lust machen auf dieses fremde Land. Ein kleiner roter Traktor aus den 50er Jahren transportiert unser Gepäck mit einem Anhänger zur Gepäckauslieferung. Der Fahrer raucht Zigarette und tuckert zwischen den ankommenden Reisenden hindurch. Nur ein einziges Flugzeug, und zwar das, mit dem wir gekommen sind, ist gelandet und es gibt auch nur eine Gepäckausgabe.

Die Beamten bei der Sicherheitskontrolle lächeln verständnisvoll, als ich mit Sammy am Arm nach den Pässen in meinem dunkelgrünen Trackingrucksack wühle. Sie klammert sich fest an mich als wir durch die Kontrolle durch sind. Wenn wir uns verlieren, hat sie quasi verloren. Sie ist jetzt auf mich angewiesen. Das ist ein wenig seltsam, denn auch wenn sie vorher

schon nichts gesehen hat, hat sie immer etwas
Freies und Unabhängiges ausgestrahlt.

Dennoch geht alles gut. Ich finde ihren Koffer
auf dem Band und schleuse sie durch die
wartende Menge der Montenegriner am
Ausgang. Ankommende fallen den Wartenden
in die Arme, Menschen halten mit
Namensschildern in der Hand Ausschau. Es ist
laut und chaotisch. Sammy und ich einen uns in
dem Gefühl einer gewissen Überforderung.

Ich habe vorher alles genau recherchiert und
geplant. Es gibt keinen Bus vom Flughafen in
die Hauptstadt. Hier herrscht ein Monopol der
Taxiunternehmen. Die Fahrer stehen in der
glimmenden Hitze vor ihren schicken,
klimatisierten Wagen und lauern wie hungrige
Hyänen auf Touristen, die sie zu überteuerten
Preisen in die Stadt chauffieren können.

Uns bleibt nichts anderes übrig, als uns zum
Fraß anzubieten. Es wird nicht verhandelt. Die
Bezahlung erfolgt direkt und in bar. Im Taxi
läuft keine Uhr, es gibt einen Festpreis für die
Strecke. Es riecht nach Leder und künstlichem
Zitronenduftbaum.

„Komisch, jetzt hier zu sein", sagt Sammy.

„Ich glaube, ich schreibe ihm eine Postkarte.
Mir ist danach. Ich weiß auch nicht, warum."

Ich muss schlucken.

Sie muss es wissen, ich hätte schon länger mit

ihr darüber sprechen sollen. Aber jetzt im Taxi ist der falsche Zeitpunkt. Aber der richtige Zeitpunkt ist nie. Und immer.

„Sammy," sage ich, „du brauchst ihm keine Postkarte zu schicken."

Wir sitzen auf der Terrasse vor einem ranzigen Café. Sammy schweigt. Ich weiß nicht, was sie fühlt. Sie sitzt einfach dort, seit einer geschlagenen Viertelstunde und das einzige, was sie mir deutlich signalisiert, ist, dass ich das Schweigen nicht unterbrechen soll. Zigarettenrauch weht in dünnen Wölkchen vom Nachbartisch zu uns herüber. Eine orange gestreifte Katze liegt auf dem aufgewärmten Keramikboden und döst. Die Zeit steht still oder geht doch zumindest langsamer, quälender, voran. Ich umklammere meine Teetasse und drehe sie immer wieder im Uhrzeigersinn zwischen meinen Händen. Es sind fast dreißig Grad. Ein Schweißtropfen läuft mir den Rücken hinunter. „Wie ist es passiert?", fragt Sammy plötzlich. Ich erschrecke über den unerwarteten Klang ihrer Stimme. Dann stelle ich meine Tasse auf den Tisch, räuspere mich.

„Er ist nach Paris geflogen und in die Seine gesprungen. Zwei Tage nach unserem Treffen im französischen Restaurant", sage ich. Jetzt ist es raus. Sein Tod ist kein Geheimnis mehr.

„Oh Gott", sagt sie.

Dann sagt sie eine Weile gar nichts. Und dann fängt sie an zu schluchzen und zu weinen, wie ich noch nie jemanden habe weinen sehen.

Sie weint wie jemand, der eine Tasche voller Schuld mit sich trägt. Wie eine junge Frau, die plötzlich die letzte, die allerletzte Überlebende aus ihrer Familie ist. Wie ein Mädchen, dass sich voller Verzweiflung nach Trost und Umarmung sehnt. Sie weint, wie jemand nur weinen kann, der mit geschlossenen Augen in Montenegro in einem kleinen Café sitzt und erfahren hat, dass sich der eigene Bruder mit einer Flasche Bordeaux in die Seine gestürzt hat.

Ich würde sagen, er hat den Tod eines Dramatikers gewählt. Hat sich ein One-way-Ticket nach Paris gekauft, vielleicht Last-minute. Spontan sterben und doch mit einem kleinen Plan in der Hintertasche.

Ich habe mich oft gefragt, ob er Paris gewählt hat, weil er Sammy in einem französischen Restaurant wiedergesehen hat. Es ist eine perfide Inspiration. Es ist auch alles andere als fair. Vielleicht hat er sich gewünscht, dass sie Schuld empfindet und dass jene Schuld bewirkt, dass sie mit weniger Hass an ihn denkt. Es ist Spekulation, es sind in die Luft gemalte, düstere Gedanken.

Das Leben ist ein seltsames Spiel. Menschen, denen man den Tod wünscht, leben. Und dann sterben sie und man wünscht sie sich ins Leben zurück, denn es ist der einzige Ort, an denen man ihnen Vorwürfe machen kann und sicher sein kann, dass sie den anderen erreichen.

„Er hätte mich nicht allein lassen dürfen", schluchzt sie. Sie spricht nicht weiter, sitzt auf dem Stuhl mit hängenden Armen, den Kopf gesenkt. Ihre Nase läuft und ich reiche ihr ein Taschentuch aus der Tempo-Packung in meiner Jacke.

Doch ich meine, hören zu können, wie ihre Gedanken den Satz weiterführen: Ich hätte ihn nicht allein lassen dürfen.

„Jetzt sind wir quitt", sagt sie und schnieft in das Taschentuch.

„Zwei schwarze Schafe vor dem Herrn."

Mein Stuhl quietscht über den Boden, als ich näher zu ihr heranrücke. Es kommt mir ein bisschen verrückt vor, aber ich kann nicht anders als ihr mütterlich durch das Haar zu streichen.

„Was schwarz ist und was weiß ist auf dieser Welt hängt immer vom Blickwinkel ab, Sammy. Ein schwarzes Schaf wirkt in einer rabenschwarzen Welt vielleicht ebenso grau wie ein creme-weißes Schaf in einer reinweißen Welt. Du kannst der Engel in einer Welt voller Mörder und Verbrecher sein und der Teufel in einer Welt voller Christen. Keiner von euch mag perfekt sein. Er war es nicht und du bist es ebenso wenig. Aber verglichen mit eurem Vater seid ihr weiße Schafe vor dem Herrn. Keiner zwingt dich dazu, ein böser, trauriger oder wütender Mensch zu sein. Du bist so viel stärker als du glaubst. Wir leben alle unter einem Gott der unendlichen Freiheit, so waren glaube ich die Worte der Flaschenpost, oder? Dein Bruder hat diese Freiheit stets als einen spiegelglatt vereisten See gesehen, als etwas Haltloses. Deshalb hat er nicht erkannt, dass ihm die Freiheit innewohnt, sich dem Guten dieser Welt zuzuwenden. Ich glaube, du solltest es ihm nicht nachmachen. Du solltest du selbst sein und dich nicht zum Scheitern verurteilen." Sie lächelt schief. Ich weiß nicht genau, was sie denkt und fühlt. Ich sehe keinen Schmerz, keinen Schelm in ihren Augen und warte darauf, dass sie etwas sagt. Alles, was ich mir zusammenreime, erschließe ich aus Fetzen von Emotionen, die über ihr Gesicht wandern und ihren Rücken krümmen.

„Also bedeutet Suizid Scheitern?".

Der Sarkasmus in ihrer Stimme ist nicht zu überhören. Ich schüttele den Kopf, auch wenn sie es nicht sehen kann.

„Nein", sage ich, „es ist letztlich auch nur ein Weg. Aber ein ziemlich endgültiger." Und damit scheint sie zunächst zufrieden.

Als ich von seinem Tod erfahren habe, habe ich mich gefragt, ob Nobody sich gewünscht hätte, dass ihn jemand rettet. In letzter Sekunde. Ob er doch mehr am Leben gehangen hat als gedacht. Und ob ich hätte erkennen müssen, was er vorhatte. Laut einer Statistik, die mir seit dem Studium immer im Kopf geblieben ist, sind circa 80 Prozent aller Suizidalen, die zurück ins Leben geholt wurden, am Ende dankbar für ihre Rettung.

Und dennoch, hätte ich an diesem Tag mit ihm auf der Brücke gestanden, ich hätte ihn nicht zwingen wollen, es nicht zu tun. Und ich bin hin- und hergerissen zwischen dem Gedanken, dass er glücklich über eine Rettung gewesen wäre und der schleichenden Gewissheit, dass er zu den auserwählten 20 Prozent gehörte. Zu den Menschen, die verzweifelt genug sind, um zu wissen, was sie wollen. Einen Absprung in eine andere Welt. Er hat keinerlei Zeichen hinterlassen. Keine Abschiedsbriefe. Kein letzter Anruf vor seinem Tod, um jemandem die Chance zu geben, ihm vom Gegenteil zu überzeugen. Nur eine Flasche Bordeaux um den Hals, soweit ich weiß ohne Flaschenpost. „Deutscher springt in Frankreich in die Seine", lautete damals der Artikel, der mir beim Einloggen in mein Mail-Postfach zwischen den Trash-Nachrichten auf *web.de* ins Auge sprang.

Ganz oben eine Porträtaufnahme von ihm. Mir ist die Farbe aus dem Gesicht gewichen und ich habe den Artikel hastig überflogen, weil ich es nicht ertragen konnte, ihn langsam zu lesen. Identifizierung durch Kollegen... gefälschter Pass...Verwandte nicht bekannt...Überführung des Leichnams nach Deutschland...

Staffellauf. Zwei Stunden später überreicht die Trauer der Wut den Stab.

„Ich kann es nicht fassen, dass dieser Vollidiot sich in einen Fluss gestürzt hat. In Paris. Der Stadt der Liebe, wie geschmacklos. Nur weil ich ihm nach Montenegro folge, bildet er sich hoffentlich nicht ein, dass ich in seine Fußstapfen trete. Montenegro ist kein verdammter Fußstapfen, höchstens ein Abschiedsgeschenk. Hat er denn keine Sekunde lang darüber nachgedacht, dass er unserer Familie damit ein noch wahnsinnigeres Image verpasst? Der Vater ein Mörder und der Sohn ein Selbstmörder. Haha, grandios. Man sollte ihm einen Orden auf sein beschissenes Grab stellen. Alles Wahnsinnige und jetzt gibt es nur noch mich."

„Aber du bist doch auch nicht ganz normal", unterbreche ich sie.

Sammy beißt in ihr Stück Pizza und kaut. Ihr Kiefer malmt, sie sieht aus wie ein Raubtier.

„Stimmt eigentlich", sagt sie und legt ihre Pizza

auf den Teller. Zumindest versucht sie das. Denn das Stück landet stattdessen auf der Tischdecke. Ich bugsiere es zurück auf den Teller, bevor sie es merkt und sich noch weiter aufregen kann.

Sie löchert mich seit zwei Stunden mit Fragen. Wie sah er das letzte Mal aus, als wir ihn getroffen haben? Herb, niedergeschlagen, kräftig. Weißt du, wo sein Grab ist? Nein, aber das können wir herausfinden. Wie hast du davon erfahren? Müssen wir jetzt anfangen, Flaschenpost zu schreiben, wenn er es nicht mehr tut? Was? Wie? Wo? Warum? Es nimmt kein Ende. Und je mehr Informationen sie hatte, desto wütender wurde sie. Explodiert ist sie dann bei der Antwort auf die Frage, was wohl seine letzten Worte waren. „Hinaus ins Licht, wo der Tod dem Leben überlegen ist", soll er dem Polizeibeamten zugerufen haben, der inmitten einer Menschenmenge um ihn herumstand. Gesagt wie ein Showman und gesprungen wie ein Entschlossener. Und vorbei war es. Letztlich haben wir uns Pizza bestellt, als die fordernden Blicke des Café- und Restaurant-Besitzers unerträglich wurden.

„Ich würde ihm gerne noch etwas sagen", meint Sammy.   .

Urplötzlich ruhiger, nachdenklicher. Staffellauf, Part drei, denke ich. Aufbrechende Emotionen wandeln sich in ein Suchen, Finden und irgendwann ins Loslassen. Sammy ist eine schnelle Läuferin. „Schreibst du es für mich auf? Dann können wir es in den Fluss werfen, der durch Podgorica fließt. Es fließen doch alle Gewässer irgendwo im Meer zusammen, oder nicht?"

Ich verstehe ihren Gedanken. Ein alter Glaube, über den wir gesprochen haben, besagt, dass die Seele an dem Ort verweilt, an dem das Leben den Körper verlassen hat. Nobody´s Seele ist demnach ein Teil des Wassers. Sie fließt wie seine Flaschenpost mit der Strömung von Seine Richtung Ärmelkanal. Und so schreibe ich mit einem Kugelschreiber Sammy´s letzte Worte an ihren Bruder Judas auf eine dicke, weiße Serviette mit einem Teefleck.

Ich werde diese Worte hier nicht wiedergeben, denn es ist ein stiller Dialog zwischen Lebenden und Toten, der niemanden etwas angeht außer die zwei Seelen, für die sie bestimmt sind. Es sind Worte eines verspäteten Abschieds, die ein Buch und ein Kapitel des Lebens beenden und ich schreibe nur und bemühe mich, nicht heimlich zu lauschen.

Die Serviette faltet sich im Wasser auf, sobald sie es berührt. Wie ein Schwan, der seine Flügel ausstreckt. Dann wirbelt sie umher und wird von den Wassermassen verschlungen, während sie weiter und weiter den Fluss hinabtreibt. Ich glaube, der Tod hat die beiden irgendwie versöhnt, so perfide es auch klingen mag. Die Serviette dreht eine letzte Pirouette und verschwindet dann hinter einer Flussbiegung.

„Ich wünschte, ich könnte es sehen", sagt Sammy.

Und es ist das erste Mal, dass ich einen derartigen Satz aus ihrem Mund höre. Und ich spüre, dass Phase vier sich anbahnt. Zeit für einen Neuanfang. Wenn auch nicht heute, wo sie erschöpft ist, von Emotionen und Worten. Aber es scheint in greifbarer Nähe.

Ich glaube, sie spürt es auch.

07.1.2018, Küstenstadt in Budva, 15 Uhr

„Es gibt zwei Kategorien von Menschen", sagt
Sammy. „Die, denen alles gelingt und die, die
scheitern."
Eine Welle sprudelt heran und küsst unsere
Zehenspitzen.
„Wenn du es schon in zwei Kategorien aufteilen
möchtest, würde ich eher sagen, es gibt die, die
dem Sturm trotzen und die, die aufgeben",
antworte ich.
„Darüber muss ich erst nachdenken", sagt sie.
Und dann sagen wir zwei Stunden gar nichts
mehr. Die Sonne wandert vom Zenit Richtung
Horizont. Ich spüre den sich anbahnenden
Sonnenbrand auf meiner Nasenspitze. Sammy
ist kurz eingenickt, den Kopf gebettet auf Sand
und Kies, die Füße im kühlen Wasser. Der
Wind streichelt ihre Schultern, sie hat eine
Gänsehaut.
„Was ist mit den Menschen, die mehr Stürme
haben als andere? Ist das nicht ungerecht von
dieser Welt?", fragt sie.
„Du schläfst ja gar nicht", sage ich.
Es ist bei Weitem nicht einfach zu wissen, ob
jemand, der immer die Lider geschlossen hat,
schläft oder nur nachdenkt. Beide Aktivitäten
entschleunigen den Atemrhythmus
gleichermaßen und man kann sich nie so ganz

sicher sein.

„Ich glaube, es gibt keinen Menschen, der ohne Stürme ist", sage ich. „Bist du reich, sorgst du dich ums Geld. Bist du arm, sorgst du dich ums Essen. Lebst du im Mittelstand, sorgst du dich um die Rente. Ob Frau, Mann, Kind, hetero- oder homosexuell, wir alle erleben unsere Stürme und wachsen daran oder wehen fort. Es ist immer leichter zu sagen, den anderen geht es besser als anzuerkennen, dass wir alle auf unsere ganz eigene Art und Weise kämpfen müssen."

„Und was ist mir dir?", fragt Sammy, „du hast die Schule abgeschlossen, bist studieren gegangen und jetzt arbeitest du und bist verlobt. Das klingt nicht gerade nach einem schwierigen Lebenslauf, findest du nicht?"
Ich lache zynisch. Vielleicht fühle ich mich auch ein bisschen provoziert von ihrer Frage.
„Genau das meine ich. Du schließt auf etwas, von dem du nicht weißt, ob es wahr ist. Aus deiner Perspektive ist alles ganz einfach. Aus meiner nicht. Ich habe auch nicht alles direkt erreicht. In meinem Portemonnaie ist bis heute ein altes Zugticket nach Wien. Ich habe damals nirgends einen Studienplatz bekommen. Mir war es verwehrt, meinen Traum zu leben. Ich habe mir ein Ticket nach Wien gekauft, um zu flüchten. Eine Stunde vor Abfahrt habe ich noch

eine Zusage bekommen. Ich stand ein halbes Jahr lang auf der Warteliste. Eine Absage nach der anderen. Das war einer der schlimmsten Stürme meines Lebens. Vergleichen mit deinem Schicksal vielleicht nur ein Windhauch, aber für mich persönlich, für meine Gefühle und meinen Selbstwert, war es ein Sturm", sage ich.

„Und das ist der Sinn des Lebens? Kämpfen gegen alles, was uns begegnet in der Hoffnung auf ein bisschen Glück? Das soll es gewesen sein?", fragt sie.

Sie wirkt ein bisschen wild, als diese Worte ihren Mund verlassen. Vergräbt ihre Zehen im Sand, ballt die Hände zu Fäusten und kneift die Augen noch ein bisschen fester zusammen. Eine kleine Jeanne d´Arc.

„Der Sinn des Lebens, meine Liebe, der liegt vermutlich irgendwo dazwischen. Irgendwo zwischen Sturm und Sonnenschein", sage ich.

Sammy nickt. Sie wirkt zufrieden mit meiner Antwort.

Wir unterhalten uns noch bis zum Sonnenuntergang über den Sonnenschein. Ganz metaphorisch. Darüber, ob Glück letztlich für jeden Menschen dasselbe bedeutet. Und wie wir uns daran erinnern können, wo unsere Sonne ist, selbst in der Dunkelheit. Was ist deine Sonne, fragen wir uns. Und das Glück ist plötzlich ganz nah, das Leben fühlt sich

lebendig an, an diesem Strand in Budva
zwischen Windstille und Stürmen, zwischen
Sonnenschein und Sonnenuntergang.

08.1.2018, Berg nahe Budva, Montenegro, 14:32 Uhr

Später sagte sie, man sähe zuerst nur Schatten und Licht und blendende Farben und man müsse erst wieder lernen, ihnen einen Sinn zu geben. Schatten interpretieren und zu einem Gesicht formen. Dass das ungewohnte Licht in den Augen brennt, sticht wie tausend Nadeln, so wie wenn man in eiskaltes Seewasser springt. Und dass es wie ein lange ungestillter Hunger nach Farbe ist, wenn man plötzlich in und zwischen und durch die Töne schwimmt und wieder satt ist. Aber sie sagte auch, dass es ihr Angst macht, wenn sie ihre Füße sieht und all die Menschen und das wilde Meer hinter zerklüfteten Felsen.

„Das muss Liebe sein", sagte sie später, „man gibt allen Schmerz hinweg, den man gefühlt hat und dann begegnet man ihr, der Liebe, und ist dennoch bereit, das Risiko einzugehen."

Wie zwei Wagemutige stehen wir an den Klippen, zitternd im kalten Wind, der hier oben weht. Sammy tastet am Boden hockend nach Steinen, deren Aufprall man nicht hört, wenn sie den Berg hinunterfallen.

Mir sitzt die abenteuerliche Fahrt hinauf noch in den Knochen. In einem Auto ohne Anschnallgurte sind wir über Schleichwege und steinige Passagen hochgefahren. Ein olivgrüner Truck mit schiefem Kennzeichen und Rostflecken auf der Motorhaube. Der Fahrer sprach nur Serbisch und sein kleiner Sohn saß auf dem Beifahrersitz. Der CD-Player spielte Kinderlieder von Tarzan und Moana. Im Sekundentakt knallten Sammy´s Knie gegen den Fahrersitz. 3-2-Rumms. 3-2-Rumms.

Wir haben bei einer privaten Organisation einen Flug gebucht. Wir werden Paragliden. Sammy wird über der Adriaküste schweben, den Berg hinunter. Wir sind nahe Budva, einer Küstenstadt im Süden Montenegros.

„Was denkst du?", fragt Sammy.

Ich schaue auf das tiefblaue Meer und die miniaturkleinen bunten Campingwagen neben noch kleineren Menschen am Strand. Mich durchströmt ein Gefühl von Glück und Verwegenheit. Ich fühle mich der Freiheit so nah wie selten. Meine Beine zittern, wenn ich direkt in die Tiefe hinabschaue und ein Schwindelgefühl ergreift meinen Kopf.

„Ich denke, wenn ich hierbei draufgehe, war es das auf jeden Fall wert," antworte ich.

Aber wir wissen beide, dass das Leben lebendig deutlich reizvoller ist. Irgendwie hängen wir ja doch daran. Fliegen. Fallen. Draufgehen. Der Ausblick ist eigentlich zu schön dafür.

Die Piloten haben bereits alles vorbereitet, der

Schirm liegt ausgebreitet zwischen kleinen Gesteinsbrocken. Das Gelände ist abschüssig. Wir setzen uns die Helme auf, hören uns Sicherheitshinweise in miserablem Englisch an. Machen die das zum ersten Mal, frage ich mich? Leute, die mit Touristen arbeiten, müssen doch besser Englisch sprechen können. Mein Herz pumpt Adrenalin durch meinen ganzen Körper. Die Fluglehrer sind Brüder, Mitte 40. Rick und Micas. Micas riecht nach Schweiß. Er schnallt mich an sich fest.

„When we start, run, run, run, not stop, not stop", trichtert er mir ein.

Wenn wir losrennen, lauf, lauf, lauf, bleib auf keinen Fall stehen. Wir starten. Es geht los!

„Run!", schreit Micas.

Der Schirm ist eine gewaltige Kraft, die einen nach hinten zieht. Ich renne, keuche, vornübergebeugt. Meine Füße laufen noch weiter, bis mein Kopf begreift, dass es keinen Boden mehr gibt zum Laufen. Ich höre, wie Sammy ein paar Meter neben mir schreit und jauchzt. Ich muss lachen, so kühn kommt mir unsere Aktion vor. Wir fliegen! Wir haben die Schwerkraft überlistet, die uns unten festhält. Leben. So fühlt sich Leben an. Es ist kalt und es weht, aber es ist aufregend und schillernd schön. Von hier oben betrachtet, ist es unten viel formvollendeter, irgendwie magischer.

Und dann blicke ich nach rechts zum anderen
Schirm, zu Sammy. Und ich starre in grüne
Augen. In fluoreszierendes Licht. Große
schwarze Pupillen, eingebettet in eine grüne
Iris. Die Welt dreht sich nicht mehr, die Zeit
bleibt stehen.
Mir bleibt die Luft weg. Es ist, als würde ich
durch ein Fernrohr in Sammy´s Augen schauen.
Abwechselnd blinzelnd und weit aufgerissen.
Wie ein Puzzle fügt sie sich vor mir zusammen.
Alles ist da, alles passt. Ich seh dich, Sammy.
Ich seh dich!
Wie seltsam muss es sein, wenn sie mich jetzt
sieht, wenn die Stimme plötzlich einen Körper
hat. Ist sie überrascht? Ändert das, was sie sieht,
etwas an ihrem Bild über mich? Bin ich jetzt
weniger oder gar mehr sympathisch,
vertrauenswürdig, interessant?
Ich für meinen Teil sehe Sammy ergänzt durch
viel mehr Liebe, die die weißen Punkte in den
Augen ihr geben. Ich sehe Lust auf Leben und
Erstaunen. Da ist Wildheit, Abenteuer neben
einem sturmumtosten Ruhepol. Mich blickt eine
kleine Sammy mit großen Augen an, die sich
die Hände reicht mit der jungen Frau, die sich
daraus geformt hat.
Sie lacht, zeigt ihre Zähne, wendet ihren Kopf
überall hin, um all das zu sehen, was ihr der
Wendekreis ihres Halses ermöglicht. Aber ich

starre nur zu Sammy wie ein närrisch verliebter Jüngling. Küste und Meer verschwimmen. Die Natur wird nichtig angesichts dieser Frau, die wie ein Adler am Himmel schwebt und deren Anblick mich anlacht wie ein bunter Luftballon. Nichts vermag sie aufzuhalten, ich nehme sie so stark wahr wie nie zuvor.

Wann hat sie beschlossen, ihr Gelübde zu brechen? Vor Montenegro? Im klapprigen Bus mit den Holzbrettern für das Gepäck auf dem Weg nach Budva oder ist es ein Geschenk dieses Moments?

Ich merke, wie mich eine ungeahnte Erleichterung ergreift, als ich sie so sehe und beginne, ihr Wesen mehr begreifen zu können als je zuvor. Ein Druck, ein Gefühl der Verunsicherung löst sich aus meinem Nacken, entknotet sich in meinem Bauch. Und dann steigen mir die Tränen in die Augen, denn ich habe sie noch nie so glücklich gesehen. Ich kenne sie nachdenklich, ironisch, vertieft in Gedanken, aber nicht aus tiefstem Herzen lachend.

Es ist einer der Momente, in dem sich die Zeit erst dehnt und langsamer läuft und dann urplötzlich beginnt, sich zu beschleunigen und davonzurasen wie eine Herde Wildpferde, um die verlorene Zeit wieder einzuholen.

Ich bin so unkonzentriert bei der Landung, dass

ich Micas Worte nicht zu entschlüsseln vermag.
Ich plumpse wie ein Sack Mehl auf den Sand,
aber der Pilot stützt mich. Es tut nicht weh.
Micas und Rick sind sichtlich verwirrt, ich hatte
ihnen eine blinde Person angekündigt. Und
eben diese blinde Person schaut ihnen jetzt aus
funkelnden, seltsam furchtlosen Augen
entgegen. Ich sehe, wie sie grübeln. Wie sie
überlegen, ob sie jetzt noch die zehn Euro
Aufschlag bekommen, weil ein Passagier eine
Behinderung hatte. Mit einer Blinden muss man
deutlich mehr arbeiten, alles am Schirm selbst
lenken und die Landung selbst abfangen, haben
sie mir damals erklärt. Jetzt fühlen sie sich
ausgetrickst.
Ich drängele Micas, mich von den Schnüren
loszubinden, versichere ihm mehrmals, dass sie
den Aufschlag trotzdem bekommen. Dann laufe
ich auf Sammy zu.
Sandkörner fliegen in meine Schuhe. Sie strahlt
mich an.
„Du bist verrückt", rufe ich.
Wir fallen uns in die Arme, zwei Gestrandete,
die sich gefunden haben. Rick meckert, dass er
erst die Schnüre losmachen muss. Sammy und
ich haben auch beide noch Helme an. Sie in
kanariengelb, ich in tannengrün.
Vor mir steht eine Rebellin. Sie hat der Welt
getrotzt, all ihren Normen und Bildern und

beschlossen, eine Blinde zu sein. Und jetzt hat sie entschieden, gegen jede Erwartung, der Welt in die Augen zu schauen.

Wie überwältigend und satt müssen die Farben sein, wenn du solange auf sie gefastet hast? Wie lange braucht es, all die Details zwischen den Formen und Tönen wieder wahrzunehmen, sich zu gewöhnen und achtsamer, vielleicht ruhiger, beim Anblick der Dinge zu werden?

Noch immer schauen wir uns an, tauchen in die Welt hinter den Fenstern, die bisher verschlossen waren. Der Küstenwind streicht durch die Haare. Da ist ein Ausdruck in ihr, ganz tief drin. Ein Ich-bin-dir-dankbar-aber-ich-habe-es-auch-selbst-geschafft. Es ist okay, sagt mein Lächeln. Lass mich deine Muse gewesen sein oder der Finger, der den Stein die Klippe hinunterschnipst, antworten meine Augen. Lass mich nichts Großes sein, ich brauche keine Dankbarkeit, ich bin einfach glücklich, dich so zu sehen, sagt mein Herz.

Und ich hoffe, sie sieht es.

Auf dem Rückweg im Bus weicht die Aufregung und Neugier der Erschöpfung. Alte Synapsen, die plötzlich wieder arbeiten müssen, ziehen Unmengen an Energie. Sammy´s Hörsinn ist verwirrt, weil er jetzt nicht mehr den Hauptton angibt. Ihr Gehirn muss wieder anders arbeiten, den wieder hinzugewonnenen

Sinn in das Wahrnehmungsmuster einarbeiten. Sie schläft mit dem Kopf an die Fensterscheibe gelehnt. Ihre Haare sind zerzaust.

Wahnsinn. Es ist einfach absolut verrückt, was da vorhin nach dem Absprung passiert ist. Vielleicht sitzt Judas jetzt irgendwo zwischen den Sternen. Dann hat er nun das Universum verstanden, ist ein Teil davon geworden und schaut zu uns hinab. Oder er kreist als Schwalbe über dem Himmelszelt.

Es ist eine schöne Vorstellung, dass er irgendwo da oben ist. Wie heilsam es für ihn wäre, Sammy mit offenen Augen fliegen zu sehen, wie sie den Absprung gewagt hat. Und so ist Judas, Nobody, in den Tod gesprungen und Sammy ins Leben. Geflogen sind sie beide. Nur in eine andere Richtung.

Es macht mir ein bisschen Angst, ihre Lider geschlossen zu sehen. Ich fürchte mich davor, dass sie sich umentscheidet und die Augen nicht wieder öffnet.

Zwar habe ich sie so kennengelernt, aber jetzt, wo ich in ihre Augen geschaut habe, würde ich mich ärmer fühlen als je zuvor, wenn sie mich nicht mehr anschaut und ich nicht mehr in ihren Augen lesen kann. Wir wären uns dann fremder als jemals zuvor. Ich würde mich fühlen, als wären wir noch mehr gescheitert als wenn sie ihre Augen nie geöffnet hätte. Also hoffe ich, dass sie zu süchtig ist, nach all den schönen Farben und geheimnisvollen Formen und dem Licht, um es nicht wieder zu wagen.

Ich stecke mir die Ohrstöpsel rein und übertöne das Gerumpel des Busses mit Musik. Ich drehe es so laut, dass es summt, aber nicht in den Ohren schmerzt. Ich scrolle ganz nach unten auf der Playlist. „Wie schön du bist" von Sarah Connor. Den Song habe ich das letzte Mal gehört, als ich meine beste Freundin vom Bahnhof abholt habe, nachdem sie für ein Jahr in Indien gewesen ist. „Ich seh dich mit all deinen Farben und deinen Narben hinter den Mauern. Ja ich seh dich. Lass dir nichts sagen. Nein, lass dir nichts sagen. Weißt du denn gar nicht wie schön du bist?". Und wie schön deine grünen Augen strahlen.

Ich wünschte, das Leben wäre begleitet von Musik. Dann hätten Trompeten getobt dort oben in der Luft und ein Piano hätte uns Mozart gespielt, als wir uns umarmt haben. Vielleicht hätten wir es aber auch gar nicht gehört, ich sicherlich nicht. Ich habe kaum die Melodie des Windes vernommen.

„Sie hat es geschafft!", tippe ich in mein Handy ein. Dann lösche ich es wieder.

„Henry, wir haben es geschafft!", schreibe ich stattdessen.

Wir alle zusammen. Henry mit den Flugtickets,

ich mit meiner Geduld und Sammy mit ihrem Mut. Jeder von uns braucht mal einen Schubs. Ein frisches Croissant, um einen Roman beenden zu können. Eine Zeitungsanzeige, um sich endlich auf einen anderen Job zu bewerben. Eine ungewöhnliche Persönlichkeit, um zu sehen, dass anders sein stark ist. Wir brauchen Familie und wenn wir keine haben, dann zumindest Freunde, die wie eine Familie für uns sind. Und dann schubsen wir. Jeder schubst ein bisschen und dann ist es plötzlich gar nicht mehr so unmöglich, einen Eisgletscher aus dem Weg zu stoßen. Und im Glücksfall erkennen wir, dass wir eigentlich alle viel stärker sind als gedacht. Bevor es zu spät ist und wir mit hundert Jahren auf unser gelebtes Leben zurückblicken.

09.1.2018, Flughafen Hamburg, 19 Uhr

Es ist das Ende einer Reise. Im zweifachen Sinne. Wir sind mit unseren Füßen über neues Land gelaufen, haben an der Adria-Küste im kühlen Meereswasser gebadet, haben bergiges Territorium erklommen und mit weit geöffneten Augen in den Lüften geschwebt. Und eine andere Reise endet, die lange zuvor begonnen hat. Die Reise vom Dunkel ins Licht, hinein ins Sichtbare.

Jetzt stehen wir hier, Sammy und ich. Am Ausgang des Flughafens Hamburg. Es ist dunkel draußen, die Sonne ist untergegangen. Henry wartet in ein paar Metern Entfernung auf mich. Gib uns noch ein paar Minuten, habe ich ihm ins Ohr geflüstert und er hält sich daran. Sammy will sich ein Taxi nehmen.

„Das war es also", sagt Sammy.

„Mit der Reise", füge ich hinzu.

Sie nickt. Ich schaue ihr tief in die Augen. Und ich sehe etwas Endgültiges. Fragend schaue ich sie an.

„Du bleibst nicht hier, stimmt´s?", sage ich.

„Es ist erstaunlich, wie viel mehr du aus mir herauslesen kannst, wenn ich dir in die Augen schaue", sagt sie und kneift lachend ihre Augen zusammen.

Dann wird sie ernster und erzählt mir von

neuen Träumen und einem neuen Horizont.
Drei Monate will sie noch bleiben, den Job
kündigen, die Wohnung ausräumen und dann
gehen. Und sie hat noch etwas anderes vor. Ein
Geheimnis. Psst, macht sie und hält
verschwörerisch den Zeigefinger vor ihre
Lippen.

Der Gedanke ans Auswandern ist ihr erst heute
Nacht gekommen, aber sie will ihn umsetzen.
Sofort. Oder zumindest so bald wie möglich.
Sammy will leben und jetzt will sie Dinge
sehen, die sie noch nie gesehen hat. Sie träumt
von einem Sommer in Schweden.

Ihre Augen huschen immer wieder hin und her,
während sie spricht. Erfassen Menschen und
Bewegungen. Die Reize sind noch ungewohnt,
es macht sie schneller müde. Sie verspricht mir
aber hoch und heilig, ohne dass ich sie dazu
drängen müsste, dass sie mir eine Postkarte
schicken wird, mindestens eine.

Sie ist so ein anderer Mensch für mich
verglichen mit unserer ersten Begegnung. Ich
erfreue mich am Glanz ihrer Augen, an jedem
Punkt in ihrer Iris, an jedem Gedanken, den ich
ihr jetzt ablesen kann. Dennoch gibt dieser
Zugewinn meinem Dasein auch eine gewisse
Nutzlosigkeit. Sie braucht mich jetzt nicht mehr
so wie vorher.

„Ist das jetzt das Ende einer Therapie?", flüstert

sie, als könnte sie meine Gedanken lesen.

Sie sieht fast wehmütig aus wie sie diese Frage stellt. Ich sage mir selbst, dass ich mir dieses Bild vom Ende einprägen muss, wie sie dort steht mit ihrem schwarzen Mantel aus den 80er Jahren und den wilden, rotblonden Haaren. Ich muss schlucken.

„Vielleicht", sage ich, „auch wenn du für mich immer mehr warst als eine Patientin und ich hoffe, dass du das weißt. Deshalb will ich verdammt noch mal nichts mehr davon hören." Doch meine Stimme wird piepsiger, je weiter ich den Satz zu Ende führe.

„Wenn, dann habe ich selbst entschieden, dass es eine Therapie ist", flüstert sie.

Ihre Stimme ist leise, doch ihre Worte sind so klar artikuliert, als ob sie in gewöhnlicher Lautstärke reden würde. Es ist wie die Erweisung einer letzten Ehre am Ende eines langen gemeinsamen Weges. Der Therapeut ist ohnehin immer nur ein Spiegel, in dem der Patient sich selbst sieht und begreifen kann. Alles, was der Patient schafft, das schafft er selbst. Und Sammy hat, Patient hin oder her, mehr geschafft, als ich je zu hoffen gewagt hätte. Sie ist kein hundertprozentig glücklicher Mensch, aber wer ist das schon? Aber sie ist jetzt kein Maulwurf mehr, sondern eine Löwin. Ihre Vergangenheit wird sie hin und wieder einholen, sie ist ein Teil von ihr. Aber sie selbst ist jetzt kein Teil mehr davon, sie kann dem Grauen ins Auge blicken, auch wenn es sie außerhalb ihrer Träume aufsucht, weil sie jetzt stark genug dafür ist. Und es ist diese Kraft, die ich wie ein Licht in ihren Pupillen pulsieren sehe, die mich wehmütig werden lässt. Wir nehmen uns in die Arme.

„Danke", sagt sie und es klingt, als ob es von ganz tief drinnen kommt, irgendwo zwischen Bauch und Herz.

„Du kannst so stolz auf dich sein", sage ich und drücke sie noch ein bisschen fester.

Als wir uns voneinander lösen, haben wir Tränen in den Augen.

„Mein Gott", sage ich, „wir tun so, als ob wir uns nie wiedersehen würden."

Sie zuckt mit den Schultern.

„Man kann nie wissen."

Und dann geht sie. Dreht sich noch einmal um. Winkt. Ein Lächeln auf dem Gesicht. Und verschwindet mit festen Schritten durch die Schiebetür Richtung Taxistand. Und dann ist sie verschwunden. Die Löwin verlässt die Arena.

Kaum, dass sie fort ist, klingelt mein Handy. Zuerst ärgere ich mich. Ich bin noch in Gedanken.

Aber ich kenne den Ton. Jeder Patient hat bei mir einen eigenen. Rasch wische ich mir eine ungeweinte Träne aus dem Augenwinkel und nehme den Hörer ab. Henry kommt langsam auf mich zu, ich schaue ihm in die Augen bei jedem Schritt, den er auf mich zumacht, und bei jedem Wort des Telefonats.

„Ich kann nicht mehr, Frau Doktor", sagt eine Stimme am Telefon.

Alt und rau und abgekämpft. Und ich höre ein Schluchzen. Mein Körper verspürt unverzüglich Alarmbereitschaft. Ich merke, wie sich alles in mir strafft wie vor einem anstehenden Sprint.

„Joe, wo bist du?", frage ich.

Sanft, ein wenig nasal.

„Ich kann wirklich nicht mehr. Ich habe keine Kraft mehr. Ich bin zu Hause. Und ich habe eine Packung Schlaftabletten genommen."

Scheiße, denke ich und flüstere Henry panisch zu: „Ruf einen Krankenwagen. In die Weimarer Straße 9. Magen auspumpen. Sofort!"

Ich versuche, Ruhe zu bewahren und Joe so lange am Hörer wach zu halten wie möglich. Der Abschied gerade ist jetzt unwirklich, Sammy ist aus meinen Gedanken verschwunden wie eine Sternschnuppe, die in der Nacht verglüht. Es ist, als ob ich ihr fasziniert nachschaue und mir doch nicht sicher bin, ob ich sie mir nicht nur eingebildet habe.

Joe möchte leben, auch wenn er es gerade nicht weiß, aber er gehört nicht zu den 20 Prozent.

Sonst hätte er nicht angerufen, um seine bereits ausgeführten Pläne mit mir zu besprechen. Ich höre, wie Henry telefoniert.

„Ich bin so müde", sagt Joe und seine Stimme wird leiser.

„Joe, bleib wach, hörst du? Hilfe ist unterwegs. Ich komme auch gleich. Ich beeile mich. Hörst du mich, Joe? Nobody´s going to die tonight."

Epilog

Die erste Efeuranke klettert am Stein entlang. Der Boden ist längst nicht mehr frisch aufgewühlt und Unkraut fängt an, über das Grab zu wandern. Kleine Brennnesseln und Girsch. In der Mitte steht eine Stockrose mit zarten gelben Knospen. Es regnet und die Tropfen explodieren auf der staubtrockenen Erde. Sand spritzt auf eine leere Flasche Weißwein. Chenin Blanc.
Doch die Flasche ist nicht leer, ein zusammengerollter Zettel steckt darin. Der Korken sitzt locker. Jemand hat Post bekommen. Flaschenpost.

„Lieber Jud,
ich habe dir eine Schwalbe auf den rechten oberen Rand deiner
Flaschenpost gemalt, denn es war damals dein Lieblingsvogel. Ich
sage das nur für den Fall, dass man es nicht erkennen kann. Es tut
mir leid, dass ich so wütend war auf dich, damals. Ich hätte dir gerne
andere Worte gesagt, aber ich konnte nicht. Du hast mich im Stich
gelassen. Und dann habe ich dich im Stich gelassen und jetzt sind
wie quitt und der Tod hat es besiegelt.
Jetzt hat Papa dich doch noch gekriegt und du liegst hier unter der
Erde. Er hat sich Zeit damit gelassen, dich umzubringen. Aber ich,
ich habe beschlossen, zu leben. Für morgen geht mein Flug nach
Stockholm. Ich gehe allein und vielleicht komme ich auch nicht

zurück. Ich schicke dir eine Flaschenpost, wenn es was Neues gibt. Vielleicht kannst du sie ja lesen, da wo du jetzt bist. Ich esse übrigens immer noch am liebsten Schokoladeneis, so wie du. Nachdem du weg warst, habe ich nur noch Vanille gegessen, aber eigentlich habe ich mich nach Schoko gesehnt.

Ich habe das Gefühl, dass ich die absurdesten Sachen in diese Flaschenpost schreibe. Und das ganze Leben ist absurd, deshalb ist es vielleicht nicht so schlimm.

Es ist ein bisschen jämmerlich, dass ich jetzt weinen muss und die Schrift vor meinen Augen verschwimmt. Aber dein Leben läuft vor mir ab wie ein Film und ich denke daran, wie ich früher hinten mit auf deinem Mofa sitzen durfte und aus dem Auspuff kam eine riesige Wolke aus Benzinabgasen. Und Papa hat geflucht, weil du es getunt hast und es so laut röhrte.

Und wie du dann versucht hast, dich in den Viehstall der Nachbarn zu schleichen, um die Schwalben zu beobachten. Du wolltest damals einen Film darüber drehen. Dein ganzes Leben, wie ein Schwarz-Weiß-Streifen, zieht es an mir vorbei. Es hat weh getan, dein Leben, und manchmal geleuchtet.

Ich frage mich, wer du in den letzten Jahren warst. Ich kenne nur den Jud von früher. Da warst du noch da. Der Rest ist Schatten.

Egal, wo du jetzt bist, du bist frei und für einen kurzen Moment habe ich dich darum beneidet. Aber auch wenn ich jetzt beschließe, gefangen zu sein in den Grenzen dieser Welt, habe ich nicht mehr das Gefühl, dass sie mir die Flügel gestutzt haben.

Ida und Henry heiraten im August, falls dich das interessiert in der Anders-Welt.

Ich habe die Hochzeitsanzeige in der Zeitung gesehen, aber ich werde nicht hingehen. Du hast Hochzeiten auch nie gemocht. Weißt du noch, wie Mama gehofft hat, dass du dich mit Sophie verlobst? Das war die verrückte Blonde mit dem dicken Kajal-Strich über dem Auge. Du wolltest nur nie so wie Papa werden und so will ich auch nicht sein.

Wer immer und wo immer du jetzt bist, falls du mich suchst: Ich bin Sammy. Die mit den grünen Augen. Und ich lebe. Und manchmal denke ich an dich. Trotz allem, was war."

NACHWORT

Wenn ich einen Roman fertiggelesen habe,
mache ich mich zum Dessert immer über das
Nachwort her. Falls es noch andere Leser gibt,
die es mir gleichtun, gibt es hier ein Nachwort
für die Neugierigen. Der Einfall zu „Das Antlitz
des Schmetterlings" ist mir kurz vor dem
Einschlafen gekommen. Ich hatte gerade mein
Germanistikstudium abgebrochen und war aus
London zurückgekehrt. Die ganze Handlung
lag vor meinem geistigen Auge und ich habe sie
auf ein DIN-A-3-Papier aufgezeichnet.
Am liebsten hätte ich gleich die alte
Schreibmaschine aus dem Keller geholt.
Doch dann fragte ich mich plötzlich: Wo ist die
Pointe? Was willst du damit sagen? Darüber
habe ich oft nachgedacht. Doch wenn ich eines
in meinem Studium gelernt habe, dann, dass es
auf so etwas keine eindeutigen Antworten gibt.

Lieber Leser, liebe Leserin, was auch immer
diese Worte für dich bedeuten, wo auch immer
sie dich berühren, ich hoffe du hast etwas aus
ihnen mitgenommen. Ich kann dir nur verraten,
was sie mir bedeuten und was ich mir wünsche.
Ich wünsche mir, dass wir alle weniger blind
sind für die Ereignisse dieser Welt und vor

allem wünsche ich mir, dass die Menschen sich wieder mehr in die Augen sehen.

Denn sie sind voller Wunder.

Sie sind das Fenster zu unserer Seele.

Für all jene, denen der Titel ein Rätsel ist, hier einige Denkanstöße.

Wenn ich an Sammy denke, denke ich an den Herbst. An die Farbe von bunten Blättern und die Neigung zum Winter, wo das Jahr ein Ende findet und zugleich den Neuanfang bereitet. Ich denke an sie wie an einen bunten, geheimnisvollen Schmetterling, der aus seinem Kokon schlüpft. Ich liebe diese Figur wie eine Freundin und sie wird trotz tausender Worte nie komplett sichtbar sein, denn sie steckt voller kleiner Geschichten.

Wenn du, lieber Leser, liebe Leserin, jemals das Glück haben solltest, dass ein Schmetterling auf deiner Hand landet und dir sein Leben und sein Seelenwohl anvertraut, dann schau diesem wunderschönen Wesen in die Augen, und was du siehst ist das Antlitz des Schmetterlings. Du schaust in Sammy´s Augen.

Alles Liebe,

eure P.M.J. Hinrichs

DANKSAGUNG

Ich danke meiner Katze, die mir in stiller Eintracht Beistand geleistet hat, während ich diese Geschichte schrieb und mich verschlafen blinzelnd aus ihren grünen Augen angeschaut hat.

Außerdem meinen Eltern, die mir Raum für meine Gedanken und auch stets Platz für all die inspirierenden Bücher in unseren vier Wänden geben. Ich bin dankbar für jede Minute, die wir haben.

Und natürlich all meinen Freunden, die eine Stütze waren, wenn Selbstzweifel an mir nagten und in deren Mitte immer Platz für mich ist. Darunter auch meine Freundin und Lektorin N. Müller. Danke, dass ich mich stets auf dich verlassen kann.

Diese liebenswerten Menschen um mich herum haben mir geholfen, die zu sein, die ich heute bin. Und das ist etwas unschätzbar Wertvolles. Damit bin ich auch schon bei all den tollen Autoren angekommen, die mir völlig unwissend als Lehrer und Vorbilder dienten, ich kann sie gar nicht alle aufzählen. Cornelia Funke, Paulo Coelho, Martin Suter, Kerstin Gier, …

Auch wenn dieses Buch kein Bestseller ist, eher eine Art Geheimtipp, jeder, der mir wirklich

etwas bedeutet, wird ein Exemplar davon in den Händen halten. Darum geht es mir.
(Berühmt werden kann man immer noch, wenn man groß ist.)
Danke, dass es diesen Planeten gibt, den wir Erde nennen und auf dem es möglich ist, die Worte in tanzenden, schwarzgedruckten Buchstaben festzuhalten und durch Bücher in die Welt hinauszutragen.

Feedback? Schreibe gern eine Bewertung auf www.tredition.de!

FSC
www.fsc.org
MIX
Papier | Fördert
gute Waldnutzung
FSC® C083411

Zeitfracht Medien GmbH
Ferdinand-Jühlke-Straße 7
99095 Erfurt, Deutschland
produktsicherheit@kolibri360.de